사춘
맘화

사춘맘화

채자인·구영숙 글
이승환 그림

아우름

분노를 적립중인 엄마

아들 엄마 **채자인**

광고회사에서 20년간 카피라이터로 일했다. 외동아들 준호의 공부를 책임지겠다며 자발적 은퇴를 선언! 에너지도 많고 창의적이라고 자부하는 행동파 스타일. 그러나 아이가 사춘기라는 걸 간과했다! 너 내 아들 맞니? 아들 바뀐 거 아냐? 커뮤니케이션 전공자인데 왜 아들과는 대화가 안 되지? 누가 좀 알려주세요~

현재의 육신을 버리고
2차 성장을 준비중인
중1 아들내미

중1 아들 **준호**

워킹맘 밑에서 초등학교 때 무척 외로웠다. 이제나 혼자 잘해볼 수 있을 것 같은데 갑자기 내 공부를 이유로 엄마가 회사를 그만뒀다. 원치 않게 엄마와 딱 붙어 있게 된 나. 엄마는 왜 이제 와서 나를 간섭하는가? 외동에다 엄마도 곁에 없어 책만 읽었더니 초등학교 공부는 어찌어찌 넘어갔는데 중학교는 이거 완전 다른 차원이다. 지금은 책보다 게임이 천만 배 재미있는 내 머릿속은 오로지 게임 생각뿐. 엄마가 나를 제발 내버려뒀으면 좋겠다.

딸 엄마 **구영숙**

전공을 살린다는 미명하에 적성과 체력은 뒤로하고 광고회사에 입사, 1년만 다니고 그만둘 거라고 생각했지만 결국 광고기획자로 20년 꽉 채우고 종지부를 찍었다. 기획하고 계획하는 직업병 탓에 너무 앞서 걱정하고 쓸데없이 부지런하다. 초보 전업주부로서 예민한 딸아이의 사춘기를 함께 겪으며 불안과 걱정을 온몸으로 받아내는 중이다. 흔들리고 아파하는 딸 옆에서 더 폭풍 속을 헤매지만 쿨하고 싶어하는 무늬만 대치동 엄마.

삶을 해탈중인 엄마

중3 딸 **채린**

둘격 앞으로!

집안의 실세가 되려는
중3 딸내미

엄마의 사랑 대신 외할머니의 보살핌 속에 조용하고 순하게 자란 모범생. 워킹맘의 딸로 나름 독립적이고 자기주도적인 생활을 해온지라 엄마가 공부나 학교생활에 별로 도움이 됐다고 생각하지 않는다. 사립 초등학교에서 6년 동안 버틴 내공으로 대치동에 있는 중학교에 가겠다고 선언하고는 고군분투하는 중. 남들에게 무시당하는 걸 제일 싫어해서 공부를 잘하고 싶지만, 마음대로 안 되는 현실이 짜증난다. 마음과 머리는 열심히 하고 싶은데 몸이 저절로 침대로 향하는 습관적 게으름이 있다. 성적도 친구도 다 자기 마음 같지 않고 학교생활도 점점 재미없어지고, 모든 게 다 귀찮고 짜증나는 사춘기 소녀. 하루종일 잠만 자면 좋겠다는 작은 소망이 있다.

20년차 광고쟁이가
1년차 전업맘이 되다

그렇다. 나는 20년 직장 생활을 정리하고 전업맘이 되었다. 인생은 타이밍이라는 말이 있던데, 전업맘으로 돌진하기에는 타이밍이 좋지 않았다. 꼬꼬마였던 아들이 사춘기에 접어들 무렵에 전업맘이 되었다는 것이 함정이었다. 아들과의 시간이 살랑이는 바람에 커튼이 흩날리듯 따스할 거라 기대했던 것 또한 함정이었다.

'당신이 알던 내가 아니라고요!'라고 온몸으로 외치는 피조물과 마주할 거라고는 눈꼽만큼도 생각하지 못했다. 사춘기 소년과의 짠내 나는 동행. 그때는 그후 2년간 지속될 극한 여정을 예측조차 하지 못했다.

물론 주위들은 이야기는 많았지만 나에게도 그 일이 일어날 거라고는 상상하지 못했다. 내가 진정한 진공묘유眞空妙有(텅 빈 가운데 오묘함이 있다는 해탈의 경지)로 들어간다는 것을 알았어야 했다. 사춘기 입문부터 노력기와 적응기를 거쳐, 눈빛이 다시 예전의 아이로 돌아가기 전까지 나는 집안의 갑분싸(갑자기 분위기가 싸해지는) 시기를 견디는 능력을 터득하고 연마하게 되었다.

"학원 쌤들이 그러는데 요즘 대학 가도 별거 없다는데?"

2016년부터 중학교에 자유학년제(일 년 동안 시험을 보지 않고 대신 직업 체험이나 실습 수업, 각종 동아리 활동을 체험하도록 하는 제도)가 도입된데다, 요즘에는 사교육 현장에서까지 대학 무용론이 제기되는 분위기다. 이런 시대에 아이들에게 어떤 목표를 가지고 책상 앞에 앉으라고 이야기할 수 있을까?

대한민국 교육 자체가 사춘기를 앓고 있는 것 같다. 모든 것이 혼란스러운 시기인 만큼, 긴 안목과 지혜로 아이를 키워나가야 맞겠지만 당장은 "왜 나에게 ××이야!"라고 외쳐대는 아이에 한 방 맞고 쓰러지고 만다. 한편으로는 시간이 약이라는 말이 맞는 것 같다. 아들 준호의 사춘기와 함께하면서 준호의 돌발 행동으로 인해 내 안의

사 춘 맘 화

잡념들이 사라지는 경지에 도달하게 되었으니 말이다. 엄마라는 존재도 끊임없이 진화하기 때문에 나 또한 그 시기를 거치며 2018년의 엄마가 아니라 2019년의 엄마로 성장할 수 있었달까.

물론, 내 아이가 뉴스에 나올 만한 사건을 일으킨 것도, 학교를 무단결석한 것도, 아이 때문에 학폭위가 열린 것도 아니다. 큰 사건 사고가 있어야만 힘든 것이 아니었다. 사춘기 아이와 함께 산다는 것은 호락호락하지 않다. 어쩌면 부부싸움과 비슷하다. 별일 아닌 일로 한바탕 다툰 다음날, 아이가 낯설어지는 기분이 들 때면 내 안에 작은 소용돌이가 생겨난다.

그렇다면 사춘기에 접어든 아이에게 집중하겠다며 과감하게 20년 회사 생활을 청산한 나, 나는 어떤 사람인가?

전라도 광주에서 태어나 스무 살 때 서울로 상경한, 채씨 집안의 그야말로 천방지축 말괄량이 막내딸. 어린 시절, 동네에서 우리 엄마는 몰라도 이층집 막내딸을 모를 수는 없었다. 동네를 자전거로 어찌나 헤집고 다녔던지! 막내딸이라는 말에서 알 수 있듯 중년의 엄마는 늘 아프셨고, 두 언니에 치이고 치여서 나는 그냥 숨쉬고 알짱거리는 역할만 담당해도 족했다. 배우고 싶은 것도 많았지만 우리 집에는 나에게까지 돌아올 잉여자산이 없었다. 난 항상 뭔가 부족했고 언제나 하고 싶은 것투성이었다. 한번은 MBC 합창단이 너무 하고 싶어서 겨우 초등학교 4학년이었던 내가 엄마도 없이 혼자 합창단에 지원하고 테스트까지 받고 당당히 합격했다. 그때 내 기억으로 엄마 없이 혼자 온 아이는 나밖에 없었던 것 같다. 그 정도로 적극적이고 에너지가 넘치는 아이였다. 엄마의 치맛바람이 뒷받침해주지 못하는 콩나물시루 같은 공립학교에서는 그저 존재감 없는 아이였겠지만.

아이의 중학교 교복을 찾으러 가면서 나의 중학교 시절을 떠올려보았다. 친구들의 작은 변화를 먼저 알아차리고, 친구의 장점을 찾아내 칭찬하고 이야기를 재밌게 듣는 것만으로도 나는 존재감 없는 아이에서 '핵인싸'가 되어버렸다. 이후 학창시절은 행복하고 즐거웠던 기억으로 남아 있다.

나의 첫 회사는 업계 5위 안에 들었던 메이저 광고회사였다. 처음에 광고회사에서 보도자료를 작성하고 사내보를 만들고 사외보의 기사를 작성하는 일을 했는데, 내가 작성한 기사가 재밌었는지 이곳저곳에서 제작팀 팀장들이 카피라이터를 할 생각이 없느냐고 권했다. 입사 3년차에 카피라이터로 전향했다. 그후 줄곧 제작팀에서 광고 카피를 작성하고 제작하는 일을 했다. 나는 트렌드에 민감한 편이다. 언어는 살아 있는 생명체다. 언어는 그 세대를 대변하고 다음 세대의 등장과 함께 쇠퇴한다. 그런 면에서 나는 광고를 통해 그 시

사 춘 맘 화

대를 대변하는 언어를 만들어내는 일이 재미있었다.

광고는 반복 작업이 아니라 언제나 새로운 아이디어를 쏟아내야 하고 사람들의 공감을 이끌어내야 하고 제품의 장점을 알아차리는 능력이 필요한데 이것이 나의 성격과 절묘하게 맞아떨어졌다. 잘나가는 카피라이터는 아니었지만, 적어도 내가 20년 동안 광고회사에서 늘 재밌게 회사 생활을 한 데에는 그 일을 누구보다 재밌게 즐겼기 때문이었다. 그런데 회사 생활을 청산하기 3년 전부터 더이상 광고 일이 두근거리지 않았고, 늘 반복되는 일처럼 재미없게 느껴졌다. 뭔가 가슴 뛰는 일이 필요했다. 어느 날 종이에 내가 정말 하고 싶은 일이 무엇인가 적어보는데 다름 아닌 둘째를 갖는 것이었다. 아뿔싸! 준호 한 명도 버거워 준호 동생을 갖는다는 건 꿈조차 꾸지 않았던 내가 어느새 광고 일이 아닌 아이를 원하고 있었다.

광고를 포기한다는 것은 상상조차 해본 적 없고, 결혼할 당시 야근도 많고 일도 해야 하니 아이를 안 갖는 게 어떻겠느냐고 남편에게 물었던 나 아닌가? 생후 3개월 된 아이를 도우미 아주머니에게 맡기고 쿨하게 회사로 향했던 내가 아니었던가? 이제 와서 엄마로서의 삶을 온전히 갖고 싶다는 생각이 든다는 게 나로서도 적잖이 당황스러웠지만, 남편을 설득한 끝에 둘째를 갖기로 했다.

하지만 쉽지 않다. 12주를 채 넘기지 못하고 유산되는 경험을

3년 동안 세 번이나 겪었다. 남편과 상의 끝에, 없는 아이 때문에 더 이상 괴로워하지 말고, 내가 원한다면 회사를 그만두고 공부하면서 준호를 잘 키워보자는 결론을 내렸다. 그후 대학원에 합격했고, 마치 계획대로 되는 것처럼 여러 가지 이유로 내가 다니던 광고회사가 문을 닫게 되었다. 그래, 이것이 다 계획된 흐름이라면 전공 공부를 다시 해보자 마음먹었다. 사실 내 공부는 둘째 문제였고 준호가 중학교에 올라가기 전에 공부 습관을 잡아줘야겠다 마음먹었다. 모든 것이 계획대로 되는 것처럼 보였다. 한 방 맞기 전까지!

박사과정은 예상보다 더 힘들었다. 준호에게는 사춘기가, 나에게는 노안이라는 청천벽력이 왔다. 해석하기 어려운 영어 논문들에, 글씨는 왜 그리 작은 건지. 안 보여서 해석이 안 되는 거라고 변명하고 싶을 정도였다.

그래도 아이와 함께 공부하는 엄마를 꿈꿨다. 아이와 함께 도서관을 가고, 아이와 나란히 책상에 앉아 공부하는 장면을 그렸다. 그랬더랬다. 하지만 내 앞에 놓인 현실은 "잔소리하지 마! 간섭하지 마! 신경쓰지 마!"라는 라임에 맞춰 포효하는 'MC 사춘기'. 아이가 서서히 변해간다는 것을 나만 눈치채지 못했던 건지, 자고 일어났더니 '어쩌다 사춘기'가 급속 진전되었다. 아이가 뱉은 말들이 내 심장에 칼처럼 꽂힌 그날을 지금도 생생하게 기억한다. 빨간 얼굴 원숭

이처럼 울어대던 아이의 첫 모습처럼 선명하게.

　모든 아이들의 상황이 하나하나 다르기에 현실은 '케바케'일 수밖에 없다. 이 책이 모든 상황에 적용되는 지침서는 아니겠지만, 누구나 겪지만 실은 나눌 길이 별로 없어 나만 겪는 것처럼 느껴지는 엄마의 경험을 미래의 '사춘맘'들과 공유해보고 싶었다. 아이를 키우며 겪는 여러 고민과 갈등 상황에 대해 최대한 솔직하게 쓰려 노력했다. 다만 불필요한 오해를 막기 위해 책에 들어간 인물들의 이름은 바꾸었다.

　지금부터, 아이 사춘기에 어쩌다 전업맘이 된 나의 처절한 생존기와, 아들 준호의 기상천외하지만 누구나 겪는 사춘기 보따리를 하나씩 풀어보겠다.

프롤로그

딸
엄
마

엄마라는
극한직업

엄마의 손이 덜 간다는 주변의 말에 난 딸 채린이를 사립 초등
학교에 보냈다. 집 바로 앞 공립학교를 뒤로하고 등하교 스쿨버스
를 태웠다. 아이는 엄마의 도움 없이 꿋꿋하게 잘 버텼다. 채린이
는 ROI return on invest가 좋은 편에 속했다. 공부하는 시간에 비해 성
적이 잘 나왔고 학교에서 하는 이런저런 대회에서 상도 곧잘 타오
는 편이었다. 난 채린이에게 '넌 항상 운이 좋아' 하며 내가 도와주
지 못하는 부분이 있지만 아이 혼자서도 잘해낼 수 있음을 각인시
켰다. 다른 엄마들은 아이 상 하나 받게 해주려고 무지 애를 쓴다는
데…… 엄마의 관심과 도움만큼 아이의 상장 수가 늘어난다는 사립

사 춘 맘 화

초등학교에서 채린이는 혼자서도 그럭저럭 학교생활을 잘 해나갔다. 물론 아이 입장에서는 쉽지 않았을 것이다. 다른 애들은 엄마랑 같이 친구 생일파티에 가는데 자기만 혼자 가야 한다고 속상해하기도 했다. 채린이네 학교에서는 여름방학 때 반 아이들이 다같이 모여 개학 후 열릴 반별 합창대회를 준비했다. 하지만 방학이라 스쿨버스 운행을 하지 않아 엄마가 데려다주기 어려운 채린이만 합창대회에 참여를 못하기도 했다. 어느 날은 회사에 반차를 내고 학교 행사에 참여했다가 같이 집으로 돌아오는 차에서 채린이가 이렇게 말했다.

"아, 엄마가 데리러 오니까 좋다. 엄마도 다른 엄마들처럼 회사 안 가면 안 돼? 그럼 애들하고 더 많이 놀 수 있을 텐데……"

내가 회사를 그만둔 건 채린이가 중학교 1학년을 마치고 2학년을 준비할 때였다. 중학교 입학과 동시에 대치동으로 이사와 낯설고 새로운 환경에 적응하면서 일 년이 순식간에 지나갔다. 초등학교 때까지는 할머니가 같은 아파트 같은 동에 사셨기 때문에 내가 회사에서 야근을 하고 늦게 와도 채린이 걱정이 별로 안 됐다. 하지만 대치동에서는 혼자 있는 시간, 혼자 해야 하는 일들이 많아지니 마음이 편

치 않았다. 물론 학교 수업이 끝나도 저녁에는 학원을 가는 경우가
많기 때문에 집에 혼자 있는 시간은 많지 않지만 저녁을 집에서 혼
자 먹거나 학교에서 일찍 끝나는 날은 혼자 있어야 하는 경우가 종
종 있었다. 중학교 생활은 채린이의 몸과 마음을 힘들게 했다. 선행
학습을 많이 해둔 상태도 아니었기에 성적을 잘 관리할 수 있을지
불안해했다. 할머니의 손길에서 멀어지니 먹는 것도 부실했다. 나도
친정엄마의 도움 없이 회사일과 집안일을 병행하는 것이 얼마나 어
려운지, 아이의 교육을 위해 엄마가 해야 할 것들이 또 얼마나 많은
지 온몸으로 느끼면서 결국 회사를 정리했다.

사실 딸아이의 교육만을 위해 내가 회사를 그만둔 건 아니었다.
대치동으로 이사 오는 시점에 회사에 변화가 생겨 계열사가 정리되
고 두 개의 회사가 하나로 합쳐졌다. 어수선한 분위기 속에서 일 년
을 일하고 나니 기존에 애착을 갖고 했던 일들이 더이상 의미가 없
어졌다. 대학 전공을 살려 광고 마케팅 분야에서 20년을 일했는데
시간이 갈수록 계속하고 싶다는 의지가 없어졌다. 물론 그동안 항상
열정과 의지가 불타올랐던 것은 아니지만 일 년 전부터는 심한 매너
리즘에 빠져 허우적거렸다. 뭔가 새로운 탈출구가 필요했다. 야간대
학원에 등록했다. 일주일에 두 번, 조금 일찍 퇴근해서 한 시간 거리
의 대학교를 가는 것도 만만치 않았지만 어차피 그 시간에 채린이

사 춘 맘 화

도 학원에 있을 테니 학교를 다시 가는 것도 괜찮겠다는 생각이 들었다. 처음에는 오랜만에 다시 공부를 해서 그런지 신선하고 재미있었다. 하지만 한 학기가 지나니 다시 시들해졌다. 일도 공부도 나를 슬럼프에서 건져주지는 못했다. 결국 어떤 해결책도 가지지 못한 채 회사 일을 접었다. 그리고 십대의 가장 예민한 시기, 그 누구도 건드릴 수 없다는 중학교 2학년, 어쩌면 엄마의 손길이 가장 필요 없는 시기에 난 딸의 곁을 지키게 되었다.

"엄마, 난 내 방식이 있어. 그동안 엄마 도움 없이 잘 했잖아? (알미울 정도로 부드럽게) 그냥 신경쓰지 마. 내가 알아서 할게."

갑자기 집에 붙어 있게 된 엄마의 존재가 자기도 어색한지, 아님 성적에 예민한 동네에 와서 엄마의 간섭을 사전에 원천봉쇄하려는 전략인지 채린이는 단호하게 선을 그었다. 나도 지금의 내 상황이 아직은 어색하고 모든 열정을 자식에게 불태울 수 있는 능력도 안 되니 그냥 지금까지 해온 것처럼 지내보자고 생각했다. 그러면서 자연스럽게 먹거리에 신경쓰게 되었다. 요리에 소질이 없는 나에게 아침저녁뿐 아니라 간단한 간식도 다양하게 준비하는 것은 쉬운 일이 아니었다. 하지만 주변 재래시장이나 백화점 등을 활용해서 나름 까

프롤로그 딸 엄마

다로운 딸의 입맛을 맞추려고 이리저리 다녔다.

　그다음 내가 해줄 수 있는 일은 학원 데려다주기. 집에서 얼마 안 되는 거리지만 무거운 가방을 메고 버스 타는 것도 힘들고 번거로울 것 같아 학원 오고갈 때 차로 바래다주었다. 딸이 너무 좋아했다. 처음에는 그랬다. 하지만 시간이 지날수록 만족도가 떨어졌다. 3개월이 지나니 가끔 자진해서 버스를 타고 간단다. 혼자 먹는 밥이 맛없다며 잘 안 먹고 다녀서 내 마음을 아프게 하더니 지금은 집밥보다 식당 밥이 맛있다며 차려놓은 음식을 뒤로하고 학원 근처에서 사 먹기도 한다(내가 만든 음식이지만 맛있다고 말하기가 가끔 미안할 때도 있긴 하다).

　회사를 그만둔 후 내 정체성에 대한 고민과 딸아이와의 새로운 관계 설정이 뒤섞여 힘든 시간을 보냈다. 그렇다고 채린이가 학교에서 문제를 일으킨다거나 공부를 멀리한다거나 부모에게 반항을 하는 아이는 아니다. 오히려 반에서는 임원을 맡기도 하고 공부도 열심히 하고 잘하고 싶어한다. 순하고 얌전하고 착하다. 하지만 사춘기는 피해갈 수 없는 복병이었다. 모범생은 또 모범생 그 나름대로 복잡한 감정의 회로들이 엉켜 있어 하루하루 딸과 부딪칠 일이 많았다. 같은 또래 아이가 있는 친구나 선배 언니들을 만나 이야기해보면 "사춘기잖아. 그때는 다 그래"라며 우리 딸 정도는 아무것도 아니라는 위로의 말을 해주기도 했다. 누군가에게는 아무것도 아니고 별 것 아닌 일들이 막상 나에게는 왜 이리 힘들고 어려운 건지…… 엄마가 극한직업이라는 생각은 회사를 다닐 때도 했지만 딸아이와 직접적으로 부딪치며 생활하는 전업맘이 되니 그 강도가 허리케인급으로 다가왔다. 이런 시간들도 다 지나면 추억이 되리라 애써 스스로를 추스르며 하루하루를 기록해보기로 했다. 롤러코스터 같은 딸아이의 예민한 감정에 맞서 그 어떤 바람에도 흔들리지 않고 중심을 잡고 싶은 엄마의 심정으로 말이다. 상황을 글로 풀어내다보면 조금은 객관적으로 정리될 수 있을 것 같았다. 이 글은 요란하진 않지만 그렇다고 평화롭지도 않은 사춘기를 넘고 있는 평범한 소녀와 초보 전업맘의 대치동 적응기이자 영원한 갑인 자식에게 말해주고 싶은 엄마의 이유 있는 항변기다.

사춘맘
초급
과정

사
춘
맘
과

아
들

역주행이라는 이름의
잠재성

"이 소설의 끝을 다시 써보려 해~"

몇 해 전, 가수 한동근의 노래가 차트를 역주행해 급기야 1위를
한 일이 있었다. 한동근뿐이겠는가. 〈미스트롯〉의 진 송가인은 인생
자체가 역주행이다. 긴 무명의 끝을 마감하고 전성기를 누리고 있으
니 말이다. 나도 브런치에 올린 글이 일주일 만에 조회수 1만을 훌
쩍 넘긴 적이 있었다. 파워블로거도 아니거니와 높은 조회수를 노리
고 쓴 것도 아니기에 급작스럽게 '조회수 5천을 돌파했습니다' '1만
을 돌파했습니다'라는 알람이 신기하기 짝이 없었다. 그러더니 급기

야 포털 사이트 메인 페이지에 소개되며 하루 조회수 16만 뷰를 찍었다. 내 포스팅 또한 역주행한 셈이다.

잠재성은 타이밍과 이슈가 잘 맞아떨어지면 활화산처럼 폭발한다. 사실 따지고 보면, 지금 우리 아이들만큼 역주행의 신화가 되기에 적절한 조건을 갖춘 이들도 없다. 4차산업혁명 시대에는 뭐가 어떻게 터질지 모르기에 더욱더 그렇다.

산모 이름: ○○○
아기 이름: ○○○
생년월일: ○○○○년 ○○월 ○○일 ○○시
혈액형: A

13년 전, 내 눈에 가장 먼저 들어왔던 것은 아이의 혈액형이었다.
내 아들이 A형이라니……
교장선생님으로 퇴직하신 아버지는 A형이셨다. 아버지로 비롯한 편견, 즉 A형 남자는 융통성 없고 쪼잔한(?) 타입일 거라고, 모든 A형 남자가 아버지와 같을 것이라고 일반화의 오류를 범하고 있었다. 내 아들이 융통성 없고 소심한 아이가 되면 어쩌나 내심 걱정했다(이 또한 특정 혈액형의 남자에 대한 나의 일방적인 고정관념이리라).

사춘맘화

그런 말을 할 때마다 친정엄마와 시어머니는 아이들은 열두 번도 더 바뀐다고 날 위로해주셨지만(그런데 아이가 열두 번도 더 바뀌면 엄마라는 생물은 제명에 못살 것이다), 타고난 성향이 바뀔까 싶기도 했다.

준호는 유치원 셔틀버스를 탈 때 선생님이 서 있으라는 대기선에 미동도 하지 않고 서 있던 아이였다. 아이의 손을 잡고 그 선 밖으로 이동할라치면 내 손을 뿌리쳤다.

"그 선이 네 엄마라도 되냐? 나 원 참!"

이런 아이를 보면서 저래서 어찌 큰 인물이 될까 싶어 걱정하면서도 내심 자랑 아닌 자랑도 했던 것 같다.

"애가 워낙 원칙주의에다가 호호호호⋯⋯ 융통성도 없고 호호호호⋯⋯ 모범생이야 호호호호⋯⋯"

초등학교 1학년 담임선생님과의 상담은 아직도 기억이 생생하다.

"아드님 같으면 백 명이 있어도 문제없겠어요. 초등학교 일 학년 녀석이 자리에 앉아서 책만 봐요!"

아이가 서너 살 때, 잠자기 전 책을 읽어주었다. 책을 읽어줄수록 눈이 초롱초롱해지고 반짝거리며, 책을 가져오고 또 가져오고 했다. 애아빠랑 번갈아가면서 책을 읽어주다 밤을 샌 적도 여러 날 되었다. "이 아이는 대체 뭐가 되려고 이렇게 책에 코를 박고 있는 거야. 밖에서 뛰어노는 것도 중요한데 걱정이네 걱정이야." 걱정인 듯 걱정 아닌 듯하게 중얼거리던 시기가 내게도 있었다.

그로부터 몇 년이 지난 중학교 1학년.
중딩이 된 녀석에게 내가 매일 하는 말은 이렇게 바뀌었다.

"게임 그만하고 제발 책 좀 보면 안 돼? 허구한 날 게임이냐 진짜! 엔간해야지!!!!!!!!!!!"

셔틀버스 대기선에 발을 꼭 맞추던 아이는 실내화를 안 가져가서 벌점을 받아오고, 밤새 책을 읽었던 아이는 나의 제재가 없다면 밤새 게임을 할 테세다. 어쩌면 이미 초등학교 6학년 때부터 예견된 일이었는지도 모른다.

"엄마! 내가 기말 시험이 아직 멀었다 했잖아? 그런데 오늘 시험 봤어! 오늘이었나봐. 하하하하!"

자신의 일이 아닌 것처럼 크게 웃어대던 아이가 너무 쿨해 보였다. 뭐 아직 중학생도 아니니까 시험 준비 안 하고 봐도 되지 않겠느냐며 넘어갔다. 그때 이미 우리 아이의 낙천성을 예견했어야 했다. 중1 담임선생님과 상담했을 때 고민을 털어놓았다.

"준호가 책을 너무 좋아해서 걱정할 정도였는데, 지금은 책을 전혀 보지 않고 게임만 좋아해서 걱정이에요."
"아이들이 어찌 한결같나요? 그때는 책이 재밌었고, 지금은 게임이 재미있겠지요."

〈그때는 맞고 지금은 틀리다〉라는 영화 제목이 생각나는 순간. 우리 아이는 그때는 맞고, 지금은 틀리다. 아주 매우 많이 틀리다. 아니, 아주 매우 많이 '다르다'고 해야겠다. 꼼꼼하고 말이 없고 완벽주의였던 아이는 세상 말 많고 낙천적이고 쿨한 아이가 되었다!

"숙제했어?"
"엄마 대충~ 그냥 대충했어~"

사 춘 맘 과   아 들

"시험 잘 봤어?"

"그냥 대충 봤어!"

"뭐 먹을래?"

"그냥 대충 먹자!"

정답 맞추기식 시험에는 구멍이 있어서는 안 된다. 내신 시험은 '대충'이 아닌 '꼼꼼'을 요구한다. 그래서 닉네임 '대충'인 아들을 둔 엄마인 나는 눈물이 앞을 가린다.

그렇다면, 낙천성은 백해무익한 것일까? 녀석은 낙천적이라 그런지 회복탄력성은 정말 뛰어나다. 또한 유머가 있고 대화를 즐기며 공감능력도 좋은 편이다. 그렇다면 문제는 목표 설정이 안 되어 있다는 것인데…… 목표는 구체적일수록 더 잘 지킬 수 있다지? 하루 중 게임하는 시간을 언제로 정할지, 몇 시간 동안 할지 아이와 함께 이야기를 나눠봤다.

"평일에 게임 몇 시간 할래?"

"한 시간 삼십 분요!"

"한 시간 할래? 삼십 분 할래?"

"한 시간!"

사 춘 맘 화

"안 지키면 주말에 게임은 안 하는 거다!"

"흥! 그러는 게 어딨어? ……알겠어요."

앞으로 얼마나 잘 지켜질지 알 수는 없지만, 이렇게 속고 믿고 속
고 믿고 하는 것이 자식을 키워가는 엄마의 마음일 게다.

아이에 대해 뭔가 구체적 목표가 생기니 나 또한 걱정이 싹 사라
지며 한결 마음이 가벼워졌다. 최근 주위 선배 엄마들 말이 사춘기
때 조금 방황하더라도 엄마가 중심을 잡아주면 어릴 때 습관이 나온
단다. 어릴 때 책을 열심히 읽던 습관은 어느 때고 폭발하듯 다시 나
오게 된다고. 게임에만 몰입하던 아이도 그 집중력과 어릴 적 가졌던
책에 대한 관심이 어느 순간 발휘되어 역주행하는 순간이 온다고.

그렇게 생각하니 우리 아이의 장점도 잠재성도 보이기 시작했다.
그래, 우리 준호가 하나에 집중하면 저렇게 앞뒤 안 가리고 달려드
는구나. 지금은 게임이지만, 또 언제고 흥미로운 게 생기면 갈아탈
게다! (이것도 희망고문이려나?) 성공한 이들은 하나밖에 모른다고
했지. 우리 아들이 딱 그렇네. 하고 싶은 것을 못 찾아서 그렇지 때
가 되면 우리 아들도 다시 제 길을 갈 거야……

이렇게 하나하나 객관적으로 아이를 요리조리 살펴보니, 아이의
장점도 잠재성도 보이기 시작한다. 나태주 시인의 시 「풀꽃」의 '자세

사 춘 맘 과 아 들

히 보아야 예쁘다 오래 보아야 사랑스럽다 너도 그렇다'라는 시구처럼. 우리 녀석도 언제고 잠재성을 터트릴 수 있을 것 같다는 긍정적인 생각이 든다. 제발 그 잠재성이 너무 오래 잠들어 있지 않기를 바랄 뿐.

사 춘 만 화

나는
대치동 맘이다

"대치동의 가장 큰 장점이 골라 먹기 좋다는 거야. 수학에서 도형 부분이 부족하면 A학원 ○○○ 선생님, B학원 김원장님은 영어 문법이 최고지. 워낙 다양한 분야 전문가들이 있으니 우리 애가 부족한 부분만 골라서 보충할 수 있어. 너도 빨리 대치동으로 이사 와. 나중에 후회하지 말고……"

대치동에 사는 친구들이 그동안 나에게 해준 충고를 진지하게 듣지 않던 내가 딸의 중학교 입학과 동시에 대치동에 입성했다. 초등학교 6학년 2학기, 중학교 배정 시점이 되자 딸이 어디서 듣고 왔는지 대치동에 있는 학교를 가겠다고 했다. 친구들과 이야기도 해보고 인터넷에서 이런저런 정보도 찾아봤다는데…… 당시 난 워킹맘이었기에 정보도 부족했고, 본인의 의사를 최대한 존중하자는 남편의 동의로 결국 우리는 사교육의 한가운데로 이사했다. 그렇게 난 대치동 엄마가 되었다.

초등학교 때부터 단련된 대치동 키즈가 아닌 딸아이는 중학교 입학과 동시에 낯선 문화에 적응해야 했다. 같은 초등학교에서 온 친구도 없는데다, 방과 후 애들이 바쁘게 몰려가는 학원에 대한 정보도 부족했다. 어느 학원을 가야 하는지 어떤 공부를 해야 하는지 잘 알지 못했다. 아니, 어느 학원이 좋다는 정보를 들었다고 해도 학원 입학은 간단하지 않았다. 인기 있는 학원들은 최소 반년에서 일 년 이상 기다려야 하는 경우도 있었다. 어렵게 몇 군데 학원 정보를 얻어 상담 전화를 돌렸다.

"학생이 몇 학년이죠? 학교는요? 저희 홈페이지는 보셨나요? 일단 입학 테스트를 거쳐야 하고요. 시험 점수에 따라 입학 가능 여부가 결정됩니다."

보이지는 않지만 전화 너머로 들려오는 상담실장의 태도는 매우

사 춘 맘 과 딸

빳빳했다. 성적 좋은 우수한 학생들만 받는다는 자부심으로 목에 깁 스라도 한 듯했다.

"나 원, 돈 내고 다니겠다는데, 공부 못하면 뭐 고객도 아니라는 건가? 못하는 애 받아서 성적을 올려줘야 좋은 학원이지, 처음부터 잘하는 애들만 받겠다는 건 뭐야?"

전화를 끊고 혼자 넋두리를 하지만 룰이 그렇다니 따르는 수밖에. 학원에서 학생과 학부모는 '갑'처럼 보이지만 실상 유명한 학원에서는 반대다. 워낙 들어가려는 학생들이 많다보니 문의 전화나 상담 요청도 많고 굳이 실력이 안 좋은 학생까지 다 받을 필요가 없다는 식이다. 엄마들이 학원을 고르듯이 유명세가 있는 학원들도 우수한 학생을 골라서 뽑는다. 어떤 국어 학원은 최상위반에 들어가는 조건으로 국어 테스트는 물론 다른 과목들의 학교 성적까지 확인한단다.

수학 학원을 처음 다녀온 딸이 풀이 죽어 집에 들어왔다.

"미정이랑 같은 반인 줄 알았는데 나랑 레벨이 달라서 같은 반이 될 수 없대. 우리반에 나랑 같은 학년 애들은 별로 없어. 초등학생들이

사 춘 맘 과 딸

많아. 완전 짜증나."

채린이와 나는 몰랐다. 초등 때 중등 과정에 대한 선행학습이 안
돼 있으면 같은 학년 친구들과 수업을 같이 받을 수 없다는 것을(물
론 모든 학원이 다 그런 건 아니지만). 자기 학년 수업을 듣는데도 더
어린 친구들과 공부해야 하고, 아이들에게는 그 자체가 자존심을 상
하게 만든다는 것을.

채린이가 목요일마다 가는 영어 학원이 있다. 오후 두 시쯤 학원
에서 문자가 왔다.

—오늘 ○○중학교 단축 수업이니 일찍 학원으로 보내주세요.

"오늘 단축 수업이라고? 학교에서도 오지 않는 문자가…… 근데
학원은 그 소식을 어찌 알지?"

학원은 모르는 게 없다. 각 학교별 시험문제 출제 경향 등을 분석
해서 대비하는 것은 기본이고 학교의 단축 수업과 현장학습 일정과
각 과목 선생님들의 특성까지. 얼마 전 학원 설명회에 참석한 나는
학원의 정보력에 다시 한번 놀랐다.

사 춘 맘 화

"○○학교에는 국어 선생님이 세 분 계시는데,

A선생님— 완전 암기형, 별로 중요하지 않은 문제까지 출제하는 편이라 세세한 것까지 다 외워야 점수를 받을 수 있어요.

B선생님— 수능형, 단순 문제가 아닌 논리적 분석이 필요하죠. 기초가 없으면 점수 받기 어려워요.

C선생님— ○○대학교 출신에 전공은 △△ 부전공 □□. 이분은 문제 해석이 어려운 경우가 많아요. 학생들이 시험 보고 나오면 무슨 말인지 몰라서 문제를 못 풀겠다고 해요. 문제 자체가 형이상학적이에요."

이런 걸 시스템의 힘이라 해야 하나? 학교를 스캔해서 속까지 들여다보고 있는 느낌, 이것이 바로 대치동 학원 불패의 원동력인가? 학원 설명회가 끝나니 카운터에는 수강 신청을 하려는 엄마들로 가득하다. 나도 재빠르게 동참했다. 일종의 손실 회피 편향이랄까? 얻는 것의 가치보다 잃어버린 것의 가치를 몇 배로 더 크게 평가하는 경향이 있다는 말. 그것이 정확하게 들어맞는 상황이었다. 마치 이 강의를 못 듣게 되면 우리 아이만 손해 보고 뒤처질 것 같아 학원에서 필요하다는 강의를 이것저것 신청했다.

그날 저녁, 집에 온 채린이를 붙들고 오늘 나의 성과를 자랑했다. 대치동 어미새가 얻어온 값진 수확물을 얼른 받아먹으라며.

사 춘 맘 과   딸

"지금 다니는 학원이면 충분해, 더 못 다녀. 다 취소해 엄마."

"뭐? 다른 엄마들은 학원 정보 엄청 잘 알고 있다며 부러워했잖아? 애들이 다 학원에서 미리 배우고 온다며?"

"엄마, 1학기 때 과학 학원 다녀봤잖아, 학원 다닐 때나 혼자 할 때나 점수 비슷해서 그냥 학원 안 가기로 했잖아. 우리 엄마만 귀가 얇아서 큰일이야. 학원 상술에 그냥 막 넘어가요."

내가 뭐에 홀렸었나? 소비자심리를 자극하는 마케팅 회사에서 20년 동안 일해온 베테랑인데…… 이렇게 자연스럽게 최면에 걸려버리다니. 대치동 맘 6개월, 아직 똥인지 된장인지 가리지 못하고 학원의 불안 심리 마케팅에 빠져 허우적댄 내게 대치동 5년차인 친구는 이렇게 이야기해주었다.

"프로 정신이 투철한 선생님과 완벽한 시스템을 자랑하는 학원이 골목골목 있어도 우리 애의 성적과는 아무런 상관관계가 없어. '구슬이 서 말이라도 꿰어야 보배'이듯 아무리 좋은 학원이 많아도 우리 애한테 잘 맞는 학원을 적절하게 활용하는 기술이 필요하지. 이것이 바로 진정한 대치동 맘의 기본이라고."

사 춘 맘 화

그래, 난 아직 무늬만 대치동 맘이구나. 우리 애의 취약점을 살피고, 그걸 보완해줄 학원을 매칭하는 일이 먼저인가. 우선 내일 얼른 가서 학원 등록한 거 다 취소해야겠다.

어머님!
이러면 성적 떨어질 텐데…

취소요.

생기부,
엄마의 생을
기부해야 하나요?

"어머님 세대의 리더십과는 달라요!"

준호 담임선생님이 '요즘 것들'의 리더십에 대해 이야기한 적이 있다. 정말 잘나가는 애들은 화장도 잘하고 연애도 잘하고, 사고도 잘 치고 일명 '날라리'들이 많다는 것이다. 공부만 잘하던 시대는 갔다. 공부는 기본이다. 생활기록부에 빼곡하게 무언가를 적으려면 팔방미인이 되어야 한다. 금수저 전형이라는 말이 나오는 수시 전형은 결국 학생부종합전형, 즉 생기부가 그 꽃이다.

"한 송이 생기부 꽃을 피우기 위해서 봄부터 엄마들은 그렇게 울었나 보다. 한 송이 생기부 꽃을 피우기 위해서 기미와 잔주름 속에서 또 그렇게 울었나보다. 그립고 아쉬움에 가슴 조이던 머나먼 젊음의 뒤 안길에서 인제는 돌아와 거울 앞에 선 '헌신짝'같이 버려진 엄마여!"

엄마들은 자식이라는 꽃을 위하여, '알흠다운' 생기부를 위하여 그 한몸 논개처럼 희생할 준비가 되어 있다! 그도 그럴 것이 생기부를 아이 힘만으로 메우기란 절대 불가능하다! 중학교는 대입 예행연습 과정이지만, 특목고에 가고 싶다면 고등학생만큼 이 생기부가 중요하다.

금수저 전형이라는 말도 일견 맞다. 수시를 줄이고 정시를 늘려야 한다는 여론이 나오는 것도 이러한 부작용 때문이리라. 학교의 많은 일정들을 마치 소속 연예인 스케줄 꿰듯 꿰지 않으면 엄마라는 매니저는 낙제점을 받게 된다. 나는 'F'학점 당첨이다, 후훗!

"준호 엄마. 나는 우리 영준이에게 도움이 못 되는 것 같아 괜히 미안하더라고! 다른 엄마들은 실험 숙제도 다 대신해주고, 과학탐구상도 휩쓸게 하잖아. 능력 있는 엄마 못 만난 울 영준이가 불쌍해."

같은 동네 영준이 엄마가 나에게 하소연한다. 과학 분야에서 '비까번쩍한' 상을 타려면 엄마가 거의 전문가 수준으로 이것저것 해줘야 한다는 이야기다. 아이들이 학교 수행평가와 교과 공부와 외부 경시 시험으로 바쁘니, 세포분열한 또 하나의 자아가 있지 않는 이상 그 많은 것들을 다 해내기가 어려운 것도 사실이다. 생활기록부, 일명 생기부는 정말 엄마의 생을 고스란히 기부해야 할 지경이니.

생기부를 빼곡히 채우는 건 "엄마의 생 따위 아이에게 줘버리겠다"는 마음가짐이 아니라면 해내기 어렵다. 정말 이번 생은 엄마라는 타이틀 하나만 가져야 한다는 말인가? 엄마라는 직업이 무임금 노동이니 이것도 열정페이라면 열정페이다.

중학교 때 절친했던 친구는 요즘 완전히 딸의 수족이 되어 하루를 지낸다. 아이를 위해서 시작했던 학교 봉사활동이 친구의 직업이 되어버렸다. 아이도 성적이 좋은데다 엄마도 학교 일에 열성적이라 학운위(학교운영위원회)까지 하고 있다. 아이가 잘하니 엄마도 학교에 관심이 커지고, 엄마가 봉사활동을 하며 학교 사정을 더 잘 알다 보니 아이에게 신경을 더 쓰게 되고…… 서로 원원하는 셈이라고 해야 하나. 친구에게 준호 생기부에 대한 고민을 털어놓았다.

"준호가 학교 일들을 잘 못 챙겨서 걱정이야!"

"애가 어떻게 챙기니? 다 엄마들이 해줘야 해!"

엄마가 동아리를 만들고, 엄마가 팀 수업을 짜주고, 엄마가 과학 탐구 아이디어도 내주고, 엄마가 학원도 알아봐주고, 엄마가 공부도 같이 해주고…… 아이의 활동영역이 넓어지면 엄마의 활동영역도 넓어진다. 공교육은 느리고 사교육은 빠르고 엄마는 한 발 더 빠르다. 엄마의 시계는 누구보다 빨리 돌아가는 셈이다. 엄마의 생이 짧아지는 것도 인식하지 못한 채, 아이를 위해 자신의 생을 불태우고 있는 촛불인 셈이다.

"막내야, 내가 좀 아프다!"

친정엄마의 전화. 목소리에 힘이 하나도 없었다. 마흔이 다 돼서야 결혼을 한 언니는 주말부부로 친정엄마와 함께 살았다. 아이를 낳아 그 조카를 엄마가 키우셨는데 작은언니가 안식년을 받아 조카랑 미국에 가자 엄마가 혼자 외롭게 지내시다가 우울증이라는 동굴에 들어가시고 말았다. 엄마에겐 취미가 없다. 목표가 있다면 아이들 대학 잘 보내고 좋은 직업 갖게 하고 시집 보내는 것이었는데 이 모든 과업이 사라지자 급격한 우울감이 찾아왔다. 젊은 시절의 엄마를 만나게 된다면 나는 이런 말을 해주고 싶다. "우리에게 관심 덜 쏟고, 친구도 좀 만나고, 좀 더러운 옷 입고 다녀도 되니까 일일이 손빨래하지 말고 세탁기 돌리시고, 청소도 매일 하지 마시고, 매일 좋은 음식 먹이려고 하루종일 부엌에 서 계시지 말고 그때그때 엄마를 위해 운동도 하고, 엄마를 위해 취미를 찾아보세요!" 이런 생각이 드니 한없이 눈물이 나면서 나는 적어도 엄마처럼 우두커니 거실에서 침잠하지 않으리라 마음먹게 되었다. 자식이 뭐라고, 엄마 인생 하나 없이 그리 사셨단 말인가?

성공한 사람들을 보면 성공에는 다양한 이유가 있다. 그것을 따라한다고 내가 성공하리라는 법이 없다. 반면 실패를 통해서는 구체적으로 많은 것을 배운다. 엄마를 보면서 나는 노후를 대비해 다양한 취미생활을 하고 친구를 옆에 두려고 한다. 자신의 생을 아이 생 기부에 쏟아붓고 나서 거울 앞에 선 엄마들의 뒤안길은 누가 지켜줄 수 있을까? 아이에게 헌신하다가 헌 신 되지 말고, 자신의 꿈을 향해 새 신 신고 인생 후반부를 폴짝 뛰어넘는 건 어떨까. 이렇게 시간이 지나면 노후에는 후회만 남을 텐데, 내 삶을 돌려달라는 빤한 소리를 해대는, 아무에게도 환영받지 못하는 엄마가 되는 건 나도 싫다. 다른 엄마들도 마찬가지일 것이다.

내가 지켜주지 않으면 우리 애 삶이 망가지는 건 아닌가 하는 걱정과 불안이 들어서, 차라리 뭔가에 더욱 집중해서 불안을 잠재우는 것이 낫지 않을까 싶어 아이의 생기부에 '몰빵'하게 되는지도 모른다. 다른 취미를 찾기에는 여유가 없고, 아이에게 몰입하는 삶이 당장의 불안을 잠재우기는 하니까. 내 생의 기부처가 아이의 생기부가 아닌 내 삶이 되기 위해서는 무엇부터 시작해야 하나. 오늘도 잠시 그 생각을 하다가 후다닥 서글픈 마음을 다시 접는다.

사 춘 맘 화

엄마
一生

누구를 위한
봉사활동인가

"2학기 때는 학급 쓰레기 분리수거 봉사 꼭 해야 되는데……"

"왜? 그게 좋아? 그럼 이번 학기에 하지?"

"외부에서 봉사활동 따로 하지 않고 학교에서 다 해결되니까 편한 거
지. 한 학기 하면 다섯 시간 생기고. 애들이 서로 하겠다고 해서 가위
바위보 했는데 졌어."

학교에서 돌아온 아이가 오늘 운이 없었다고 아쉬워한다. 중학교
올라와서 낯선 것 중 하나가 봉사활동이었다. 반 엄마들 모임에 가
면 어떤 봉사활동을 어디서 찾아 어떻게 해야 좋은지에 대해서 애

기들이 많았다. 그때 난 해석이 안 되는 암호명 같은 대화 속에서 이리저리 눈치로 알아들은 몇 가지를 머릿속에 저장하느라 애썼다. 중학교 때 해마다 의무적으로 채워야 하는 봉사활동 시간은 열다섯 시간이다. 일곱 시간은 학교 자체 봉사활동으로 해결되지만 개인 별로 각자 여덟 시간을 채워야 한다. 이미 큰애를 키워본 경험 있는 엄마들은 3년 생활기록부의 콘셉트를 잡고 아이에게 어울리는 봉사를 찾아 훌륭한 '테마 봉사'를 만들어낸다. 엄마의 아이디어와 노하우가 하모니를 이루어 아이의 생기부 봉사활동 섹션이 채워지는 것이다.

아이들은 교과활동과 학원 수업으로 매일매일 바쁘게 움직이니 봉사활동 거리를 찾는 것은 대부분 엄마들의 몫이라 했다. 나도 주위들은 정보를 바탕으로 공식 자원봉사 사이트라는 1365와 자원봉사 인증관리 사이트인 vms를 일단 즐겨찾기에 저장해뒀다. 한 달에 한 번 정도 사이트에 들어가 어떤 종류의 활동들이 있는지 검색해야지 생각했다. 하지만 회사 다니며 잊지 않고 행동으로 옮기는 건 쉽지 않았다. 아직 딸의 생활기록부를 위해 봉사할 마음의 준비가 안 돼 있었던 것이다. 한 학기가 다 지나가고 정신차려보니 곧 여름방학이다. 마음이 급해졌다. 하지만 나름 회사생활 경력이 몇 년인가, 자료 수집, 서치는 껌이지 뭐. 난 가볍게 손가락을 풀며 컴퓨터 앞에

사 춘 맘 화

앉았다.

일단 나만의 검색 조건 등을 생각해본다.

1. 시간을 많이 들이지 않고 가능한 동네에서 할 수 있는 것.
2. 봉사활동 시간을 많이 주는 것.
3. 노동 강도가 세지 않은 것.
4. 향후 진학을 위해 일관된 주제를 가진 봉사활동들로 구성할 것.

나름 조직적이고 과학적인 전략을 짜고 머리를 굴리며 검색 시작. 삼십 분, 한 시간…… 허리가 아프고 눈도 뻑뻑해졌다. 괜찮다 싶은 봉사활동들은 이미 다 마감된 상태였다. 다들 어떻게 알고 신청하는 건지 내가 정한 기준은 점점 의미가 없어졌다. '그래, 차 타고 가서 하고 오면 어때.' 일단 지역을 강남 강북 강동 등으로 확장했다. 봉사 분야도 문화, 체육, 교육 등에서 주거환경, 생활 편의지원 등으로 확장해서 검색해본다. 두 시간, 세 시간…… 겨우 건진(?) 건 '남산 성곽길 환경정화 봉사' 한 가지. 시작은 거창했으나 끝은 미미했다. 휴, 일단 오늘은 여기까지.

내가 너무 늦은 거였다. 학기중에는 아이들의 학원 스케줄 때문에 봉사활동하기가 쉽지 않아서 대부분 방학 때 집중될 수밖에 없

사 춘 맘 과 딸

다. 여름방학이 곧 시작되는 시점이기에 이미 그전에 신청했어야 한다는 걸 시간이 지나고 깨달았다. 내가 우선하는 기준은 대부분 다른 엄마들도 원하는 거였다. 때문에 '인기 봉사활동'은 오픈과 동시에 바로 마감될 수밖에 없다. 영어 말하기 훈련과 봉사활동이라는 두 마리 토끼를 다 잡을 수 있는 '도서관에서 영어책 읽어주기' 같은 활동은 나뿐만 아니라 다른 엄마들도 가장 원할 수밖에. 퇴근 후 며칠 간격으로 이 과정을 반복했다. '휴~ 이건 보상도 없는 완전 무료 봉사네 무료 봉사야.'

시간이 너무 없으니 일단 가능성 있는 두세 가지를 '관심 봉사'에 담아둔다. 딸이 최종적으로 보고 결정할 수 있도록. 내 역할은 여기까지다. 입맛에 맞는 봉사활동을 찾으려면 한 달에 한 번이 아닌 매주 정기적으로 검색을 해야 할 듯했다. 앞으로 이런 작업을 매 학년 매 학기마다 해야 한다는 건가? 생각만 해도 힘이 빠졌다. 아이들의 생기부는 그냥 만들어지는 게 아니라더니…… 아이의 봉사 한 시간을 위해 엄마는 그 몇 배의 사전 봉사를 해야 하는 거였다.

어쩌면 봉사할 거리를 찾는 것도 당연히 아이들의 일이라 생각할 수 있다. 나도 처음에는 당연히 그렇다고 생각했다. 하지만 막상 아이가 중학생이 되고 나니 해야 할 것들이 너무 많았다. 학교 숙제, 수행평가, 동아리 활동, 학원 숙제까지 밤늦게 잠자리에 들며 힘들어하는 아이를 보면서 봉사활동까지 직접 찾아보라는 말을 하기가 좀 안쓰러웠다. 봉사활동이 생기부에 등록되는 의무활동이 되다보니 안 할 수는 없고, 아이들은 봉사 자체에 시간을 할애해야 하기에 봉사활동 찾는 것은 어쩌면 엄마가 도와주는 최소한의 사전 봉사라는 생각도 들었다.

우리 땐 봉사활동이 의무가 아니었다. 하지만 결혼해서 아이가 생기니 봉사활동이 의무처럼 따라왔다. 아이가 학교에 들어가며 어머니 봉사활동이 생겼다. 학교 주변 청소, 도서관 정리 등 직장맘이라고 예외는 없으니 이런 날은 반차나 연차를 내야 했다. 아이가 학급 임원을 하면 덩달아 나의 봉사활동들도 많아졌다. 엄마들의 비상연락망도 만들고 각종 공지사항 전달 및 엄마들 모임도 챙겨야 한다. 학부모 봉사단에 의무적으로 가입하기도 했다. 그렇다고 아이가 하고 싶어하는 임원활동을 하지 말라고 할 수도 없고. 신학기가 되면 '어, 반장 선거? 나가봐. 생기부에 기록할 수도 있고……' 말은 항상 이렇게 하지만 머릿속으로는 '에고, 일이 또 많아지겠네' 은근 걱정이 되곤 했다. 전업맘만큼은 못하더라도 학교 일을 챙기려면 회사 눈치를 봐가며 휴가를 써야 하기 때문이다. 체육대회, 합창대회 등 각종 학교 행사가 반갑지 않고 특별히 해야 할 일이 없다 하더라도 부담이 되었다. 그저 내 시간을 빼앗기고 딸을 위해서 어쩔 수 없이

사춘맘과 딸

해야 하는 의무적인 활동으로만 느껴졌다.

공부하는 학생들이 생기부에 기록하기 위해 자의보다는 타의로 이런저런 봉사활동을 하는 게 과연 얼마나 도움이 될까? 오히려 의무감으로 하는 봉사에 대한 부정적 감정이 쌓여 성인이 되었을 때 자발적 참여 의지조차 상실하게 되지 않을까? 좀더 성장한 후에 전문 분야를 갖고 스스로의 자발적 의지로 봉사와 기부를 할 때 그 기쁨이나 효과가 더 크지 않을까? 아이의 의무적 참여, 또 그를 위해 엄마들이 투자해야 하는 시간과 노력, 이 모든 활동은 누구에게도 별 도움이 안 되는 것 같다.

"엄마, 봉사활동 찾은 거 이게 다야? 토요일 여덟시에 일어나라고? 너무 이른 거 아냐? 이건 계속 돌아다니는 건데?"

투덜대는 딸내미, 맘 같아선 뒤통수라도 한 방. 참아야지. 사랑스러운 눈빛으로,

"그래, 그거 너무 힘들겠지? 그냥 쉬운 봉사부터 먼저 하면 어떨까? 입고 갔던 교복 좀 걸어두고, 오늘 재활용 쓰레기 버리는 날인데 쓰레기도 좀 버리고. 엄마를 위한 봉사활동 어때? 훨씬 쉽지? 어디 갈 필

요도 없고……"

엄마를 위한 이런 봉사활동부터 먼저 인정해줘야 하는 거 아닌가?

사춘기 엄마의
직업병과 직업기술

"난 애만 보면 심장이 울렁거려서 심전도 검사를 받아봤어!"
"학원 데려다주느라 운전을 많이 해서 그런지 목 디스크가 생겼나봐!"

모든 직업에는 그 일을 하기 위한 기술이 필요하고, 그에 따른 직업병도 생긴다.

카피라이터가 갖춰야 할 기술은 광고주와 제작부서 간 의견을 조율하며 광고 집행을 무사히 마무리해내는 끈기와 효과적으로 메시지를 전달하는 창의성이다. 또한, 많은 이야기를 15초라는 시간적 제약 안에 담으려면 엑기스만 뽑아내는 '서머리(요약) 기술'도 탁월

해야 한다. TV광고를 15초의 예술이라고 말하는 것도 이 때문이다. 커피로 치면 에스프레소와 같다. 내 직업병은 옥외광고 속 오탈자가 눈에 잘 들어온다거나, '다르다'와 '틀리다'처럼 맞춤법을 틀린 경우가 거슬린다는 거였다.

하루 24시간 중 많은 시간을 가사노동에 할애했던 과거의 엄마들이 관절염이나 오십견 등의 직업병을 가졌다면, 최근의 관리형 엄마들은 다양한 직업병을 달고 산다. 애 생각만 하면 심장이 울렁거려 심전도 검사를 받아봤다는 경우부터, 학원 데려다주느라 운전을 많이 하다보니 목 디스크가 생겼다는 경우, 가슴이 답답해 늑골이 아프다는 경우까지! 그 증상도 각양각색이다.

나는 최근에 성대결절이라는 희한한 병을 얻게 되었다.

"목감기 걸렸어요?"

"요즘 피곤하세요?"

"어디 아파요?"

요즘 내 목소리를 접하는 사람들의 반응은 대략 이렇다. 차라리 목감기였다면 어이없지는 않았을 텐데! 사건의 발단은 이러했다. 아침마다 깨워도 깨워도 일어날 기미를 안 보이는 아들이지만 그날따

사 춘 맘 과   아 들

라 유난히 꿈쩍도 하지 않았다.

"너 정말 안 일어날 거야?"

분명 빽 하고 한마디 소리질렀을 뿐인데, 아뿔싸!
한때 소찬휘의 노래를 솔찬히도 뽑아내던 나 아니었던가? 그런
데 그 한마디 질렀다고 이런 지경까지? 목이 잠겨서 쳇소리가 나기
시작한 지 2주가 지났는데 가출한 목소리는 돌아올 생각이 없다. 엊
그제 연구프로젝트 진행차 만난 지도교수님께서 목소리가 왜 그러
냐고 묻기에 이러저러해서 아직까지 이 모양이라고 하니까 말도 말
라며 당신의 지인은 재채기가 나오는 걸 그냥 참았더니 성대는 물론
이고 귀 코 등등에서 피가 나고 난리도 아니었다며 맞장구를 쳐주
신다. 나이가 드니 정말 별것 아닌 작은 일이 트리거^{trigger}가 되어 큰
영향을 미치기도 하는 모양이다. 나긋나긋하게 이야기하는 내 모습
이 적응되지 않는지 다들 무슨 일이냐며 어디 많이 아프냐고 때아닌
걱정들을 해준다. 물론 걱정은커녕 쾌재를 부르고 있는 단 한 사람
이 아주 가까이에 존재하긴 한다. 그분의 깐족대는 기술은 거의 역
대급이다.

"엄마! 엄마 목소리가 너무 부드럽고 좋은데?"

"엄마! 예전에 카랑카랑하던 목소리보다 훨씬 듣기 좋아."

"엄마! 엄마 목소리가 다시 돌아오면 내가 다시 엄마 소리지르게 만들어야겠네?"

거의 초딩 수준의 대화라서 대꾸할 힘도 없다. 뭐, 딱히 틀린 말도 아니다. 목소리가 이렇다보니 나도 말을 아끼게 되고, 작은 목소리로 적은 대화를 하는데도 되레 효과가 좋다. 가성비가 굿이다. 성대 결절이라는 직업병은 얻었지만, 경제적 화술을 터득한 셈이다.

엄마라는 직업에는 그 밖에도 다양한 직업기술이 필요하다. 모른 척 기술은 어떠한가? 중학생이 되면 수행평가가 줄줄이 사탕이다. 양적평가(지필시험)와 질적평가(수행평가)의 균형 잡힌 평가를 한다는 취지는 좋으나 백팔배 수준으로 인고해야 하는, 그야말로 수행들!

10년차 카피라이터였을 때는 내가 마치 마케팅 고수라도 된 듯했다. 노하우와 기술이 쌓여가는 느낌이었다. 하지만 엄마는 달랐다. 아이가 커나가는 월령과 햇수에 따라 새로운 과제를 계속 받는 느낌이다. 매해, 매달, 매일을 '하수'로만 지내게 되는 것 같다. 아이들과 지내는 건 끊임없이 밀당이 필요한 일인데 알아도 모르는 척, 몰라

　　　　　　　　사 춘 맘 화

도 알은척을 하는 게 머리로는 쉽지만 마음으로는 영 어렵고.

엄마 되기는 마치 게임과도 같다. 게임을 단계별로 겨우 다 깨고 능력치를 올려놓으면 바로 새로운 게임이 출시된다. 기존의 게임과는 전혀 다른 룰이 적용되는 게임이다. 그래서 늘 나는 고수가 못 되고 하수로만 지내게 된다. 기존의 룰이 적용되는 게임이라면 나도 이미 고수 중의 고수가 되어 있을 텐데 말이다. 밀기만 해도 안 되고 팽팽하게 당기기만 해도 안 된다. 자식과 부모 사이도 이 밀당이 중요하다. 엄마의 모른 척해주는 기술은 아이들을 불안하게 만들기도 한다. '어? 엄마가 진짜 모르나? 알면서 일부러 저러는 거 아냐?' 불안하니까 아이들도 엄마 눈치를 보게 되고, 급기야 행동 수정에 들어가는 운좋은 경우도 생긴다.

"요즘 수행평가 기간이라며? 다들 고생이 많겠네…… 너는 뭐 내일까지 해야 하는 건…… 없지?"

커스터드 크림보다 더 부드럽게 물어본다. 나름 마케팅 필드에서 20년 짬밥을 먹은 '마케팅 먹물 맘' 아닌가? 뭐, 넛지Nudge 전략이라고 해두자. 적어도 이 정도 멘트를 넌지시 던졌으면 알아듣겠지? "너 수행평가 숙제 했어? 안 했어?"라고 대놓고 묻는 것은 초짜지 초짜.

사 춘 맘 과 아 들

내심 나를 칭찬하며 대답을 기다렸다.

"없어!"

아이가 짧게 내뱉는다. 후덜덜…… 없다니…… 아드님, 이런 반응
옳지 않아! 나의 목소리는 실온에 며칠 방치해둔 커스터드 크림으로
돌변한다.

"수학 수행평가 뭐 없어?"
"없어!"

단호한 사람 앞에서는 주눅들기 마련이다. 혹시 내가 잘못 알았
나? 다시 한번 엄마들 단체 채팅방을 열어서 확인해보려는 찰나, 아
들의 한마디.

"뭐 있대?"

엄마의 귀에 아들의 떨림이 감지되셨습니다. 참을 인 세 번을 그
리고 나면 나의 인내심에도 한계가 찾아오고, 입속 따발총이 장전되

면 오늘도 우리 가정의 전쟁사史가 한 페이지 지나가게 된다.

알아도 모른 척해주는 기술, 정녕 나는 언제쯤 고수로 하산하게 되는 것일까? 엄마라는 직업에서 하산이라는 일이 일어나긴 할까? 『CEO 아빠의 부모수업』을 쓴 김준희씨는 네 자녀를 사교육 없이 명문대학을 보낸 것으로 유명하다. 어느 다큐멘터리에서 그분이 한 말 중 통감한 부분이 바로 이 모른 척해주는 기술이었다. 보고 있으면 참견하고 싶지만 그러지 않고 끝까지 아이를 믿어주는 태도가 가장 중요하다고 했다. 알고도 모른 척해주는 기술, 아이 스스로 해낼 때까지 기다려주는 기술. 그것이 양질의 정보를 물어다주는 어미새의 기술보다 더 중요하다는 생각이 든다.

엄마라는 직업은 심리, 마케팅, 인문학, 철학, 역사, 정치, 문화 등 모든 분야를 막론하고 훨씬 폭넓은 기술이 필요하다. 한 인간은 하나의 세계이고, 엄마란 그 세계의 태동과 성장을 적당한 참견과 인내로 지켜봐줘야 하는 존재이기 때문이다. 하지만 주인공은 그 세계, 즉 아이이며 인내하면서 지켜봐주던 부모는 세계의 완성과 더불어 사라지게 된다. 이것이 부모의 숙명이다.

포기할 수 없는
헤어롤 자존심

아침에 학교 가려는 채린이, 현관 앞 거울에서 다시 한번 머리 모양을 점검하는 딸에게 나도 모르게 한마디가 튀어나왔다.

"이뻐, 이뻐, 앞머리 그냥 자연스럽게 내려라."

늦게 일어난 아침, 밥은 못 먹어도 앞머리 헤어롤 마는 건 절대 포기 못한다는 채린이다. 어떤 애들은 매일 아침 고데기로 머리 손질에 이삼십 분을 꼬박 투자한다던데 이 정도면 양호한 건지도 모르겠다. 그날 아침 채린이의 기분은 헤어롤 작업의 완성도에 따라 달

엄만
유행을 몰라.

유행은 몰라도
그게 이상하다는 건 알겠다.
하지만 모든 걸 받아들이는
'포용신공'을 보여주마!

포

용

포용용용용용용...

라진다. 오늘은 기분이 별로 나쁘지 않은 것 같다.

"너무 앞머리만 딱 헤어롤 만 거 티 나게 하지 마! 이상하잖아."

무심한 나의 지적이 그만 딸내미 심기를 건드리고 만다.

"됐어, 뭐가 이상해? 친구들도 다 이래."

아침부터 기분을 상하게 할 필요가 없다는 생각에 재빠르게 화제
를 돌린다. 본인이 좋다면 그만이지, 엄마의 눈보다 친구들이 어떻
게 평가하는지가 지금은 가장 중요할 테니까 말이다.

대학 다닐 때 나는 외모에 대해 신경을 많이 쓰지 않았다. 여자
외모 따지는 남자는 애초부터 만나지 않는 게 좋을 거라는 나만의
확고한 신념이 있었다. 어쩌면 원판불변의 법칙을 생각하고 마음의
상처를 받지 않기 위한 나만의 방어벽을 만든 건지 모르겠다. 졸업
후 회사를 다닐 때도 화장을 많이 하거나 액세서리를 즐겨 하지 않
았다. 사실 광고대행사는 업무 특성상 야근도 많고 프로젝트가 있을
때는 밤샘 작업도 많다보니 화장할 시간도 없고 캐주얼 차림이 일하
기 더 편한 게 사실이었다. 이런저런 상황에서 나의 노메이크업 출

사 춘 맘 화

근은 자연스러워졌고 결혼 후에는 더더욱 외모에 대해 무관심해졌다. '여자는 항상 꾸며야 한다'는 지론을 가진 친정엄마는 나를 볼 때마다 지금도 '넌 무슨 자신감으로 그 나이에 화장도 안 하니? 네가 김태희냐'며 핀잔을 주신다.

그래서인지 아침마다 밥도 포기하고 헤어롤 마는 데 시간을 보내는 아이를 보며 내 기준에서 좀 이해하기 힘들었던 게 사실이다. 적어도 학창 시절에는 공부를 최우선해야 한다는 나만의 기준이 있었던 거다. 그러니 거울을 보며 시간을 보내는 아이가 이쁘게 보일 리 없다. 하지만 아침 시간을 투자한 머리 손질 작업이 딸 채린이의 앞머리를 세워주고 또 자신감을 높여준다면 나름 의미가 있지 않을까? (긍정적으로…… 좋은 쪽으로…… 스스로 주문을 외우며 자기최면을 건다.) 요즘 여자아이들은 틴트는 기본이고 풀메(풀메이크업)까지 일상적으로 한다니 말이다.

어느 날인가 학교에서 돌아온 채린이의 입술 색깔이 아침에 집에서 나갈 때랑 다른 걸 발견했다. 학교에서 바른 틴트를 집에 오기 전 잊어버리고 지우지 않았던 거다. 채린이는 대부분의 여자아이들이 학교에 와서 화장을 하고 집에 가기 전에 지운다고 했다. 그날따라 친구들이 자기더러 아픈 사람 같다고 해서 생기 있게 보이기 위해 틴트를 발랐다고. 요새 아이들에게 틴트는 우리에게 립밤 정도의 수

준인 게다.

'그래, 이해해줘야지. 가부키 화장이 아닌 게 어디야. 틴트 정도야 뭐, 귀여운 거고 헤어롤은 애교지 애교.'

지금이 아니라도 앞으로 화장을 해야 하는 날들은 너무나 많을 텐데, 그때는 하기 싫어도 해야 할 상황들도 있을 텐데. 일찍부터 약하고 고운 피부에 화학 성분을 바르기 시작하면 그만큼 피부가 안 좋아진다는 이야기를 하고 싶지만 마음을 다스린다. 하긴 나도 대학에 막 입학했을 때 "너희들은 그냥 화장 안한 맨얼굴에 흰 티랑 청바지 하나만 입어도 멋지고 이뻐. 왜? 그게 바로 젊음이거든"이라는 교수님 말씀이 귀에도 안 들어오고 시대에 뒤떨어진 잔소리로 들렸으니. 무슨 말을 해도 더 이뻐 보이려는 마음을 먹은 이들의 열정과 의지는 꺾지 못하리라. 그럼, 이해해야지. 다시 한번 마음을 가다듬으며 딸아이를 바라본다.

"엄마, 애들이 그러는데 헤어롤 대신 전기 고데기를 사면 좋대요. 지속력도 좋고 헤어롤과는 수준이 다르게 잘 말린대."
"뭐? 고데기? 전기로……?"

'아니 얼마나 머리를 말아 올리려는 계획인지…… 집에 미용실을 하나 차리시려나. 머리 말고 자존심을 그렇게 좀 팍팍 올려보시지. 헤어롤 예찬론을 늘어놓을 땐 언제고 이제는 전문가의 경지를 넘나드는 전기 고데기까지.' 그러나 이건 내 생각이고 마음속 말을 사춘기 딸에게 그대로 표현하는 겁 없는 엄마는 아니기에 그저 이렇게 말할 뿐이다.

"그래? 그럼 그거 사서 엄마 머리도 좀 매일 해주라. 그럼 생각해볼게."

오늘 콘셉트는
르네상스냐?

가즈아!
신학기 반 모임

신학기가 되면 가장 먼저 찾아오는 통과의례는 바로 학부모총회다. 총회를 알리는 가정통신문이 날아오면 아파트 일대는 미용실이며 네일숍이며 분주해진다. 특히 초등 저학년 때는 엄마들이 '핫 데뷔'를 위해 그간 미뤄뒀던 머리 손질과 피부 손질, 손톱 손질을 하고 그게 마치 평소 모습인 양 학교로 향한다. 자녀가 초등학교 저학년일수록 이런 현상은 더욱 심하다. 단골 미용실 헤어디자이너가 이 동네에 온 지 얼마 안 돼서 깜짝 놀랐다고 한다.

"아침 아홉시부터 몰려오시더라고요!"

중학교에 가면 총회 참석률이 떨어질 줄 알았지만 웬걸, 사춘기에 들어서며 집에 정보를 물어다주지 않는 아이들 때문인지 엄마들은 더 열심히 학교에 관심을 기울인다. 서른한 명의 엄마들 중에서 스물다섯 명 정도가 총회에 참석했다. 학부모총회에서 반 엄마들의 전화번호를 수집한 회장단 엄마가 이후 반 엄마들을 모바일 단체 채팅방에 초대했다.

"안녕하세요, 이번 학기 회장을 맡은 이채영의 엄마입니다. 한 학기 동안 잘 부탁드려요."

단체 채팅방에서는 학교 전체 공지사항을 알려주기도 한다.

"우리 반 신학기 반 모임을 하려고 합니다. 직장맘도 있으니 평일 저녁이 좋을 것 같은데 투표해주세요."

모바일 메신저가 없었던 때는 반 모임을 어찌했을까 싶을 정도로 메신저는 고마운 존재다. 회장 엄마 입장에서는 말이다. 이전 세대 엄마들은 반 모임을 진행하려고 매일 전화통을 붙잡고 살아야 했을지도.

"엄마들 반 모임 가서 이상한 이야기 듣고 올 거면 나가지 마!"

"네가 잘하면 되지."

"거기서 듣고 온 이야기로 날 괴롭힐 거잖아?"

물론 이날도 예외는 아니었다. 유치원 때부터 준호와 친구였던 영훈이가 중학교 2학년에 올라와 같은 반이 되었는데 하필 반 모임이 있던 날 영훈이가 친구랑 싸운 모양이다.

"영훈이와 민재랑 한판 붙었다는데요? 그래서 선생님께 혼났다고 하더라고요."

영훈 엄마의 동공이 흔들리기 시작했다. 가는 날이 장날이다 싶게 꼭 반 모임날 학교에 일들이 많다.

"학폭위 가면 어쩌려고. 내가 못살겠어, 준호 엄마."

"별일 없겠지 뭐. 애들 한창 사춘기잖아. 매일매일 기도하는 심정으로 지낼 수밖에."

영훈이만의 문제는 아니었다. 중2 남자아이들은 거의 시한폭탄

이다.

"우리 반은 몇 시까지 등교해야 하나요?"
"여덟시 삼십분까지니까 여덟시 십분에는 나가야 하지 않나요?"
"준호는 여덟시 십분에 일어나서 여덟시 이십오분에 나가는데? 맨날
지각 안 했다고 하던데."
"오 분 안에 학교에 가다니, 준호는 우사인 볼트인가요? 하하하!"

우리 아이가 우사인 볼트인 것도 알게 되고, 줄줄이 들이닥칠 수
행평가에 대해서도 듣고 무슨 염탐꾼이 된 것마냥 정보를 머릿속에
새기고 귀가한다.

"준호야! 너 기악 합주 있다며."
"너 오 분 발표 있다며."
"국어는 수행 쪽지시험 봤다던데?"
"오늘 영훈이랑 민재랑 싸웠니?"

아뿔싸! 내가 지금 무슨 말을 하고 있는 것인가? 반 모임에서 듣
고 온 이야기로 괴롭힐 거면 나가지 말라고 하는 이유가 바로 이런

것일 텐데. 준호는 나를 한심한 듯 훑어보더니 "에휴……" 한마디하고 방으로 홀연히 들어가버린다.

엄마들은 궁금하다. 학교 활동도 많고 챙겨야 할 것들도 많은데 초등학교처럼 알림장을 적어오는 것도 아니고 애가 스스로 잘 챙기는 것도 아니고 집에 와서 일일이 할일 리스트를 리포팅하는 것도 아니니 학급 분위기나 학교 분위기, 그리고 내 아이에 대한 평가 등을 확인할 수 있는 곳은 그나마 반 모임뿐이다.

다들 나 같은 심정일 테다. 엄마들의 짙은 다크서클과 푸석한 얼굴을 보면 다들 말을 안 해도 힘들게 보내고 있는 것이 느껴진다. 시한폭탄 같은 중2, 일 년을 제발 무사히 잘 지낼 수 있기를 기도해본다.

사춘맘과 아들

'남친'보다
'남사친'이 좋아!

"우리 반에 남학생이 전학 온대. 엄청 잘생겼다구 벌써부터 여자애들
이 난리야."

"그래? 아직 오지도 않았는데 잘생긴 건 어떻게 알아?"

"다른 학교 애들이 얘기하던데. 페이스북에 사진 있잖아."

며칠 후 진짜 소문만큼 잘생긴 남학생이 채린이 반에 전학 왔다.
다른 반 여자애들이 쉬는 시간마다 교실을 기웃거린단다. 얼굴 한
번 보겠다고 구경 온다는 것이다. 같은 반 여자애들도 그에게 무척
관심을 보인단다. 만화에서 튀어나온 애처럼 잘생기고 공부도 잘하

고 운동도 잘하는 소위 엄친아인데 여자애들이 그애에게 더 호감을 갖는 건 그애가 여자에게 관심이 없어 보이기 때문이란다. 여자친구가 없는 건 당연하고 여자애들하고 말을 잘 안 섞는단다. 여자애들 앞에서는 부끄러워 얼굴도 빨개진다고…… 좀 적극적인 여자애들은 이 전학생과 친해져보려고 애를 쓰고 용을 쓰는데 전혀 진전이 없다고 한다. 채린이 다른 반 친구들도 2학기 들어 부쩍 자주 딸내미를 찾아온단다.

"내가 모를 줄 알아, 그 전학생과 어떻게든 말 한 번 해보려고 하는 거지."
"미연이는 대놓고 나한테 소개시켜달래. 참, 나도 서먹서먹한데 무슨 소리야."

남녀공학이다보니 이성교제는 아이들의 큰 관심사다. 학년이 올라갈수록 공식적인 커플이 생겨나고 사랑의 표현도 점점 대담해진다.
모든 아이들이 자기 마음에 드는 남친 여친을 만들 수 있는 것은 아니다. 특히 공부도 잘하면서 남친 여친이 있는 아이들은 친구들의 부러움을 사기도 한다. 채린이네 반 1등인 예리는 얼굴도 이쁘고 성격도 시원시원해서 인기가 많은 친구다. 예리도 남자친구가 있다.

사 춘 맘 과 딸

그 남자친구와 채린이는 초등학교 동창인데, 채린이를 통해 둘이 만나게 되었다고. 하지만 예리네 엄마는 이성교제는 절대로 안 된다며 반대하신단다. 대학 들어가기 전까지 절대로 남자친구를 사귀면 안 된다고 엄포를 놓았다는데…… 예리는 엄마에게 들키지 않도록 조심하면서 남친을 만나고 있었다.

그러던 어느 늦은 저녁 예리에게 전화가 왔다. 얼마나 울었는지 목소리가 잠겨 있었다. 저녁에 엄마가 잠깐 외출한 사이 예리는 남자친구를 만나러 나갔고, 핸드폰을 두고 와 다시 집으로 돌아오던 예리 엄마는 딸이 아파트에서 나가는 걸 보고 어딜 가는지 몰래 따라나섰다. 아무것도 모르고 들뜬 예리가 기다리는 남자친구를 카페 앞에서 만나려는 순간, 예리 엄마는 현장을 목격하고 이성을 잃었다고. 예리의 목덜미를 잡고 길에서 소리를 지르며 끌고 갔다는데 이 상황에서 남자친구는 예리 엄마를 말리며 여자친구를 보호하려다 상황이 더 악화되었단다. 지나가던 사람들이 다 쳐다보았는데, 예리는 정말 그때 든 수치심과 창피함을 말로 다 표현할 수 없었다고. 그냥 어디론가 사라지고 싶은 마음만 들었단다. 반 모임에서 내가 만난 예리 엄마는 너무나 얌전하고 조용한 분이셨기에, 그 상황이 상상이 안 됐다. 엄마를 속이고 남자친구를 몰래 만나는 딸내미에 대한 배신감에 휩싸여 순간적으로 정신을 놓아버린 것일까? 물론 예리가 예쁜 외모로 남자애들의 관심을 많이 받고 있고 공부까지 잘하니 혹시라도 안 좋은 일이 생기지 않을까 하는 엄마의 걱정과 염려는 이해가 되지만 예리 엄마의 행동은 좀 과했다는 생각도 들었다.

"예리는 남자친구 사귀면서 공부도 엄청 열심히 해. 자기관리 철저히 잘하는데 걔네 엄마는 왜 그랬는지 이해가 안 가. 가만 놔둬도 알아서 잘할 수 있는 앤데."
"그러게 넌 왜 중간에 소개해줘서…… 예리 엄마가 알면 뭐라 하겠어?"
"내가 소개한 게 아니라 같이 지나가다 우연히 만났는데 저희들끼리 서로 좋다고 한 거야. 엄마는 잘 알지도 못하면서 내가 뭘 잘못했다고 그래?"

내가 예리 엄마의 상황이었다면 어땠을까? 채린이가 남친을 만난다면 어떨까? 채린이도 멋진 남친을 갖는 것에 대한 로망이 있지만 뜻대로 잘 되지 않는 듯했다. 자기가 좋아하는 아이는 자기에게 별 관심이 없다고 속상해했다. 언젠가 전혀 관심 없는 남자아이가 자기 주변을 맴돌며 신경쓰이게 한다고 짜증을 내기도 했다. 한두 번 '썸을 탄' 아이들이 있었는데 막상 커플이 되려니 좀 겁이 난다며 바로

사 춘 맘 과   딸

접어버렸다. 채린이의 소심한 성격이 이럴 땐 무지 고마울 수가 없다. 항상 나는 딸에게 부탁(이자 명령)한다. 남친이 생기면 꼭 엄마에게 먼저 알려달라고. 맛있는 거 사주겠다고 약속까지 했다. 사실 정말로 채린이에게 남친이 생긴다면 말처럼 쿨하게 아무 걱정 없이 반길 수 있을지는 잘 모르겠다. 하지만 일단 생긴다면 난 딸아이를 잘 이해해주고 그녀의 남자친구와 함께 식사를 하는 멋진 엄마가 되고 싶다. 둘을 감시하고 싶은 마음을 꾹꾹 누르며 잠시나마 같은 시간과 공간 안에 있으려는 불순한 의도일지도 모르지만.

다행인지 불행인지 일단 딸에게는 아직 이성친구가 없다. 물론 이성교제를 안 한다고 해서 공부에 올인하는 건 아니지만 말이다. 중학교 때 충분히 이성교제의 경험을 해보면 오히려 고등학교 가서 더 공부에 집중할 수 있다고 생각하는 엄마들도 있다. 고등학교 가서 연애하는 건 대입 실패의 지름길이라며 어차피 중학생 때의 이성관계는 진지한 사이가 아닐 테니 많이 사귀어봐라 하는 식이다 (하지만 진지함의 정도가 우리 때와는 또 달라서 이성친구를 사귀는 아이의 엄마들은 이래저래 감시의 눈을 부릅뜰 수밖에 없다).

솔직히 난 적극적인 이성교제 찬성파는 아니다. 요즘에야 굳이 사귀지 않더라도 남녀가 자연스럽게 지낼 수 있는 환경이니 꼭 중학교부터 이성교제를 할 필요는 없지 않을까? 난 채린이가 이 시기

에는 '남자친구'가 아닌 그냥 '남자 사람'으로 이성을 대하면 좋겠다. 한때 큰 논란이 되었던 남성 연예인들의 '단톡방' '몰카 동영상' 사건 등을 보면 사실 딸 가진 부모로 더 걱정이 된다. 이런 사회적 환경에서 우리 딸이 제대로 된 남자친구를 고를 수 있을까? 이성적인 매력 이전에 성숙한 인간됨을 지닌 사람을 잘 찾아낼 수 있을까? 물론 좋은 사람을 고르려면 자기 자신 먼저 인격적으로 성숙한 사람이 되어야 한다. 청소년기에 해야 할 건 다양한 친구관계를 통해 마음의 눈을 넓히는 일 아닐까? 우리 채린이도 그런 사람이 되면 좋겠다. 그래서 결국 자기에게 어울리는 오직 한 사람을 만나면 좋겠다.

엄마도 때로는
여배우처럼

"안녕하세요, 저 준호 담임입니다."

"아 선생님, 안녕하세요…… 혹시 무슨 일이 있나요?"

나도 아이가 초등학교 때는 그랬다. 학교에서 전화가 오면 좋은 일일 것이라 생각했던 철! 없! 던! 시절도 있었다.

"안녕하세요, 준호 2학년 담임입니다. 오늘 준호가 친구를 밀치는 바람에 친구가 조금 다쳤습니다."

"안녕하세요, 준호 3학년 담임입니다. 오늘 준호가 친구랑 장난을 치다가 친구 얼굴에 손톱 자국이 났습니다."

뭐 상황이 이렇다보니, 초등학교 때부터 담임선생님께 전화가 걸려오면 바로 숨이 꼴깍 넘어가고 어깨가 움츠러들었다. 회사에서 내 차로 회사 동료들과 함께 광고주를 만나러 가는 길이었다. 스피커폰으로 전화가 들어왔다. 내가 운전을 했기에 어쩔 수 없이 스피커폰으로 전화를 받았다.

"네."
"안녕하세요, 어머님."

이미 어머님에서 불안감이 밀려오기 시작했다.

"저 준호 3학년 담임입니다."

스피커폰을 끄고 이어폰을 연결해 혼자 들었다. 안 좋은 소식일 게 분명해 보였다. 만천하에 아이의 문제를 알리고 싶지 않은 엄마의 쪽팔림에서 비롯한 행동이라고 해두자.

사춘맘과 아들

"통화 가능하세요?"

"아 네, 선생님…… 혹시 준호에게 무슨 문제가 생겼나요? 애가 사고
를 쳤나요?"

전화기 너머 선생님의 당황한 목소리가 들려왔다

"하하하, 아, 아닙니다. 어머님! 제가 괜히 근무중에 전화를 드려서 뭐
안 좋은 일 있는 줄 오해하셨나봐요. 죄송합니다. 다름이 아니라, 너
무 기뻐서 전화를 드렸습니다. 준호가 학교에서 치른 수학경시 시험
을 우리 반에서 제일 잘 봤어요! 아깝게 1점이 깎여 금상을 못 받고
은상을 받게 되었는데, 너무 기뻐서 전화를 드렸습니다."

살다가 이런 기쁜 소식을 전화로 받게 될 줄이야…… 괜히 스피
커폰을 껐나보다. 이런 것은 자랑질을 해줘야 맛인데.

"어머머, 네네 감사합니다."

하지만 담임선생님의 좋은 소식을 받은 건 그 전화가 유일했다.
무소식이 희소식이라고 학교에서 걸려오는 전화는 여러모로 피하

고 싶은 게 엄마들의 마음일 것이다. 그뒤로도 주로 전화의 내용은 사소한 다툼에 대한 것이었다. 그럴 때마다 나는 빵집에서 빵을 사서 그 집에 방문해 사과했다. 다행히 좋은 어머님들이셔서 그런지 다 그럴 수 있죠 하며 넘어가주시기는 했다. 그러던 어느 날, 준호가 6학년이 되던 해였다.

"어머님, 저 준호 담임입니다. 지금 일하느라 바쁘시죠? 혹시 지금 시간 되시면 잠깐 학교로 와주실 수 있으신가요?"

뭔가 큰일임에 틀림없다. 엄마 호출은 처음이었기 때문이다. 무거운 발걸음으로 교실을 들어가자 이십대 젊은 선생님께서 나의 눈도 잘 못 맞추고 차마 꺼내기 힘든 말을 어찌 해야 하나 하면서 말씀을 차분히 이어갔다.

"어머님, 제가 준호를 5학년 때도 봐왔는데 준호가 똑똑하고 활발하고 말도 잘하고 집중력도 좋아요. 좀 활달한 편이라 사소한 다툼들이 있긴 했지만 그동안엔 본인과 비슷한 힘을 가진 아이들과 주로 그래왔어요. 그런데 이번에는 조금 다른 일이라 어머님을 급하게 오시라고 했습니다."

사춘맘과 아들

침이 잘 삼켜지지 않았다. 손이 부르르 떨리는 것을 한쪽 손으로
부여잡고 안정을 찾으려 노력했다.

"준호가 같은 반 재상이라는 아이를 좀 심하게 놀려서요. 신체 부위에
대해 놀리고 수업 시간에도 큰 소리로 말해서 재상이가 많이 속상해
합니다. 오늘은 재상이의 생일이었는데 뚱보가 태어난 일이 뭐 축하
할 일이냐고……"

선생님도 몇 번을 주저하며 말을 이어갔다. 준호가 그렇게 누군
가의 마음에 상처를 주는 말을 아무렇지 않게 내뱉었다는 게 믿기지
않았다.

"제가 2년 동안 준호를 지켜봤지만 자기보다 약한 친구를 놀린 적은
없었는데 이런 면을 보이니 저도 너무 놀랍고, 중학교 가서 이런 일
생기면 학폭위로 가는 일이 생길 수도 있을 것 같아 제가 급하게 어
머님을 오시라고 했습니다. 게다가 준호는 친구가 많은 편이고 재상
이는 친구도 없거든요."

나는 말도 잇지 못한 채 하염없이 눈물이 흘렀다. 아직 순수한 아

이라고만 생각했는데, 준호가 누군가에게 상처를 줬다는 것에 너무나 놀랐다. 그래도 올바른 인성을 길러주는 데 가장 신경쓰면서 키우고 있다고 생각했는데…… 외동이라 그런 것일까? 워킹맘이어서일까? 새로 옮긴 학원이 문제일까? 정말 준호 마음을 알 수 없으니 답답할 노릇이었다. 내가 우는 모습을 보고 선생님께서도 같이 우셨다.

내 마음도 내 마음대로 안 되는데 자식이라고 마음대로 되겠느냐마는 그래도 그나마 남아 있던 준호에 대한 믿음이 바닥까지 곤두박질쳤다. 아이가 지하 10층으로 내려가면 엄마는 지하 11층에서 아이를 받쳐줘야 한다던데. '파도만 보지 말고, 바람을 보아라!'라는 글귀가 생각났다. 그래, 준호의 행동이 파도가 치는 거라면 그 기저에는 어떤 이유가 있을 것이다. 바람을 살펴보아야겠다는 생각이 들었다.

"왜 그랬어?"

입을 꼭 다문 준호는 한마디도 하지 않았다. 금방이라도 울음이 터질 것 같은 얼굴을 하고 침대에 누워 있었다. 다그친다고 말할 것 같지도 않았다.

사 춘 맘 과   아 들

이성적으로 생각하자.

뭔가 전략이 필요하다.

준호에게 센 한 방을 먹여야 다시는 이런 일을 하지 않을 것 아닌가? 준호 앞에서 무릎을 꿇고 우는 척을 했다. 사실 말이 우는 척이지 정말 울고 싶은 심정인 것도 사실이었다. 혼낼 힘도 없고, 모든게 내가 잘못 키운 탓이라는 생각에 울고만 싶었다.

우는 척을 하다보니 눈물이 조금 나왔다. 어라? 눈물이 나오네? 그러다 내 눈을 의심했다. 준호가 어깨를 들썩들썩하더니 급기야 울기 시작한 것이다.

"엉엉엉…… 엄마, 엄마…… 제가 잘못했어요! 엄마 울지 말아요. 엉엉엉…… 제가 죄송해요. 엉엉엉…… 엄마 울지 마! 엄마 제가 잘못했어요!"

준호가 우는 모습을 거의 보지 못했기에 나도 적잖이 놀랐다. 평소처럼 엄마가 큰소리 내고 등짝 한 대 때릴 줄 알았던 준호가 나의 눈물에 놀란 듯했다.

'어라? 이제 그만 울어도 되는데.'

속으로 이런 생각을 하는데 이 녀석이 눈물을 멈출 생각을 하지 않는다. 하도 울어서 숨도 제대로 쉬지 못하는 준호를 보며 급기야 내가 달래는 형국이 되었다. 겨우겨우 괜찮다고 달래고는 물을 먹이고 재웠다.

아직 어리구나. 친구들에게는 그렇게 험한 말을 하는 녀석이지만, 엄마를 실망시키는 것은 너무나 두려워하는 아이였네. 매도 먼저 맞는 게 낫다지 않는가? 이번 일로 친구를 놀리는 일이 얼마나 잘못된 것인가를 깨닫게 되었다면 그것만으로도 소중한 경험일 것이다. 그리고 이후 그런 일은 다시 일어나지 않았다. 아이를 여럿 키운 선배 엄마들에게 이 이야기를 했다.

"준호가 연기를 잘하네. 너 속은 거야! 네가 속였다고 생각했지? 하하하하."

"설마!"

"앞으로도 혼낼 일 있으면 소리지르지 말고, 머리에 손을 얹는다거나 아픈 척을 해! 엄마들이 배우처럼 행동해야 편한데 넌 강한 척을 너무 많이 하더라!"

　　사춘맘과 아들

그날 우리는 서로를 속고 속인 것이란 말인가? 〈유주얼 서스펙트〉에 버금가는 반전드라마였을까? 어떠하든 간에 서로의 메시지를 전달했다면, 그걸로 괜찮다. 정말 괜찮다.

사춘맘
중급
과정

'스겜밸'은
어째야 하나요?

신학기인데다 준비하고 있는 시험 때문인지 준호는 요즘 무척 피곤해 보인다. 잠이 모자라서인지 아침에 말 걸어도 툴툴대기 일수다. 더럽고 치사해도 아침부터 엄마랑 싸우고 학교 갔다가 기분 안 좋은 상태로 친구들이랑 다투기라도 하면 안 되니까. 엄마들에게 어떤 식으로든 학폭위는 기피 대상 1호다. 그러니 조심, 또 조심시키는 수밖에 없다.

학교에서 돌아온 아이의 얼굴을 살피는 것이 나의 하루 일과가 된 지 오래. 오늘 학교에서 돌아온 아이가 너무 피곤해한다. 무슨 일이 있나? 철렁했지만 아이는 별일 없다는 대답만 할 뿐이다.

"이제 키가 크려나보다. 그렇게 피곤하고 계속해서 잠이 와? 비 맞아서 몸살에 걸린 건가? 오늘은 학원 가지 말고 쉬어."

학교에 학원 일정에 소화하기가 힘들겠다 싶어서 오늘은 학원을 쉬라고 했다. 생각해보니 애가 갑자기 컨디션 난조를 보이면 나는 언제나 '몸이 안 좋은가? 요즘 어디 피곤한가?'를 따졌다. 아니면 학교에서 왕따를 당하나? 괜스레 가슴이 요동치며 불안감이 엄습했다. 설마 아이가 밤새 게임을 하느라 피곤하다는 것은 전혀 생각하지 못한 채. 바보 등신처럼 아이를 믿는 유일한 존재, 바로 엄마였던 것이다.

나의 구형 휴대폰을 구세주처럼 쓰며 게임을 하고 있었는데 그걸 모르고 힘들겠다며 잠을 재우고 학원을 빠지게 했으니…… 엄마를 속이는 자녀들의 이런 기만행위가 언제쯤 끝날지! 만기 적금통장처럼 기약이 없다. 요즘에는 자기 전에 컴퓨터의 마우스와 키보드를 치우고 잔다. 이런 것들을 방치하면 아이는 새벽 내내 게임을 한다. 아들을 키운 엄마들은 다들 한번씩 뒤통수를 맞아봤을 것이다.

"조퇴를 했다고? 왜? 너 어제 몇 시에 잤어? 밤새 게임을 하니 피곤하지. 너 집에 가서 엄마가 가만 안 둔다!"

사 춘 맘 화

집집마다 '타도 게임!'을 외치지만, 부르다가 내가 지칠 이름이여! 학원에서 돌아온 아이들은 피곤해하면서도 보상심리로 게임을 하고 싶어한다. 그러다보면 새벽 한시 두시가 되어 겨우 잠을 청하니, 엄마 입장에서는 학교에서 어떻게 버틸지 걱정되는 것이다. 게임유저가 사용하는 통화앱 디스코드를 다운로드 받아 친구들과 직접 이야기하면서 팀플레이를 하는 게임은 옆에서 듣기 정말 시끄럽기 짝이 없다. 한번은 영어로 이야기를 하길래,

"넌 무슨 친구랑 게임하면서 영어로 대화를 하니?"
"아니야! 영국 사람이야!"

게임하면서 영어 실력을 키울 수 있다니 그나마 다행이라는 생각이 드는 건 내가 사대주의자라서일까?

"너 그렇게 게임이 좋으면 하루종일 한번 해봐! 진심이야. 게이머가 될 수도 있고! 한번 원없이 해보고 재미없으면 공부하는 거지. 어때?"

진심이었다. 게임이 그렇게 좋으면 한번 원없이 해보라는 것이다. 가끔 TV에 나오는 전문가들이나 선배 엄마들의 이야기를 들어보면

사 춘 맘 과 아 들

한번 원없이 해보라고 했더니 나중에 질려서 공부했다는 말도 있고, 요즘 같은 시대에는 자신이 좋아하는 것을 몰입해서 끝까지 파다보면 그 길로 성공하는 경우도 있고 하니 말이다.

"엄마는 매일 드라마만 보라고 하면 재밌어? 일도 하고 책도 보다가 드라마 보니까 재밌는 거지! 공부하면서 게임하는 게 얼마나 개꿀인데! 나는 공부도 하고 학원도 다니고 게임도 할 거야!"

듣다보니 하마터면 준호의 말에 설득당할 뻔했다! 그래, 무조건 공부를 강요하는 것보다 '워라밸'처럼 공부study와 게임의 밸런스를 맞추는 '스겜밸'이 필요할 것 같다.

"엄마, 평일 두 시간 주말 네 시간 게임하는 거 어때?"
"준호야, 너 평일에 집에 와서 공부 한 시간 하잖아. 그거 밸런스 맞니?"
"그럼 나 PC방 가버린다! 근데 나는 PC방은 싫어, 집이 좋아. 집에서 엄마가 해주는 맛있는 음식 먹으면서 게임하는 게 최고 좋아!"

그래도 간만에 즐겁게 웃으면서 나에게 이야기를 건네는 준호가 사랑스러운 걸 보면, 나의 마음수련 훈련이 어느 정도 효과가 생기는 것 같기도 하다. 저리 웃고 행복하면 되었지 싶다가도 약속한 시간이 지났는데도 이번 판만, 이번 판만 말하며 삼십 분을 더 컴퓨터 앞에서 뭉그적거리는 녀석을 바라보면 화가 치민다. 그렇다고 전원을 꺼버린다거나 하지는 않는다. 그렇게 하지 말라는 주의를 여러 책이나 매체에서 보았기 때문이다. 게임을 중단시키다가 더 큰 사고가 날 수도 있다는 것이다. 최대한 말로 설득하고, 기다려주려고 하다보니 내 몸에서는 사리 2리터가 나올 지경이다. 지금까지 이런 엄마는 없었다. 엄마인가, 부처인가?

"엄마, 나는 배틀그라운드 같은 총 쏘는 게임보다 하스스톤 같은 전략 게임이 좋더라."
"게임마다 달라?"
"내가 보드게임 좋아하고 바둑, 장기, 오목, 유희왕 카드게임 좋아하잖아? 이런 것들은 경우의 수도 생각해야 하고 확률도 고민하고 전략을 세워야 하는데 나는 이렇게 머리를 쓰는 게임이 좋아!"

준호의 게임 취향에 대해 들으면서, 게임을 그냥 게임으로 퉁치던 나로서는 몰랐던 사실을 발견하게 되었다. 게임을 통해 자신의 성향을 정확하게 파악하고 있는 준호를 보며 아무 생각 없이 게임만

사 춘 맘 과 아 들

하는 아들이라 생각했던 나를 반성했다.

사람들은 자신의 관점에서 세상을 한정하는 경향이 있다. 자녀의 일도 마찬가지다. 내 속으로 낳은 자식이니 다 안다고 생각한다. 그러나 준호의 말을 들으며 준호에 대해 내가 너무 모르는 것은 아닌가? 하는 생각이 들었다. 다른 엄마들은 어떨지 모르겠지만, 이렇게 게임만이라도 자신의 확고한 성향이 있다는 것, 꼭 게임이 아니더라도 자신의 성향을 파악하고 내가 누구인지 내가 무엇을 좋아하는지 알아가는 것, 이것이 바로 인생 아니겠는가? 세상을 알아가는 첫 관문은 바로 자신을 아는 것이니까 말이다.

정재승 교수는 『열두 발자국』에서 청소년기에 아이들이 게임에 몰입하는 건 그 외에 재미있는 것이 없기 때문이라고 말한다. 아이들의 눈을 돌릴 다른 대안을 마련해줘야 한다는 것이다. 질책 대신 대안이라? 차라리 아빠랑 TV를 보면서 대화하는 것이 낫겠다 싶어 게임 시간을 줄이고 아빠랑 TV를 보는 시간을 갖기도 하고, 후배의 반려견을 산책시키는 아르바이트를 맡겨보기도 했다. 질책과 훈육은 말로는 쉽다. 좋은 대안을 찾으려면 여러 가지로 머리도 써야 하고 힘과 열정과 시간이 들어간다.

"그래, 준호야! 다 좋은데, 게임에 너무 몰입하다보면 쉬려고 게임하다

오히려 더 피곤해질 수 있으니 최대한 게임 시간을 정했으면 해. 게임 말고도 다른 다양한 정보들을 인터넷을 통해 알아보는 것도 좋을 거고. 지금은 게임이 재밌더라도 나중에 다른 흥미로운 게 생길 거야."

고개를 끄덕이는 준호의 뒷모습을 보며 오늘도 아들을 또 한번 믿어본다. 며칠 뒤 학원에서 귀가한 준호. 씻고 자라는 말에 입이 댓 발 나오며,

"몇 분 놀다 자면 안 돼? 삼십 분만 유튜브 보다 잘래."
"……그래, 삼십 분! 약속 지켜!"

결국 나는 삼십 분의 잠을 줄여주고 준호에게 성장호르몬 대신 자유호르몬을 주었다. 스겜벨 지키기 참 어렵구나!

쿨한 엄마?
개나 줘버려!

"오늘 수학 시험 망쳤어. 아 씨…… 짜증나, 짜증나."

기말고사 첫날, 가뿐하게 시험을 망친 딸아이는 심술이 나 있다. 유난히 수학을 어려워하고 힘들어하는 채린이는 수학 시험의 기준이 다른 과목하고는 다르다. 워낙 선행학습을 많이 한 아이들 속에서 현행을 겨우 따라가는 수준이라 A등급을 받을 거라는 기대가 다른 과목에 비해 낮은 편이다. 그런데도 '망했다'고 하는 걸 보면 오늘 진짜 망했나보다.

수학 시험 보는 날은 애가 워낙 긴장하고 힘들어하는지라 덩달아

나도 신경이 쓰이고 일이 손에 잘 안 잡혔다. 회사에 있을 때는 어쩔 수 없이 회사 일을 하게 되니 나도 모르는 사이에 그 시간이 흘러가 버리곤 했다. 하지만 전업맘이 되고 나니 아이가 시험보는 그 시간이 고스란히 나의 몸과 정신을 지배하게 되어버렸다.

"B반으로 내려가게 생겼네. 아~ 몰라, 짜증나."

이 동네 학교는 영어와 수학 과목에 한해 수준별 분반 수업을 한다. 1년에 두 번 학기별 시험 성적에 따라 우열반을 나누는데, 아이는 A반, B반, C반 중 어디에 속하는지에 예민하게 반응했다. 중간고사 때 가까스로 A반 문 닫고 들어간 걸 행운이 따랐다며 좋아했는데. 분반은 상대적인 거라 혹시 채린이만 못 본 게 아니라면 괜찮지 않을까? 전체 평균 점수가 낮을 수 있지 않을까 기대하며 다른 아이들의 상황을 집요하게 물어봤다. 잠시 후 채린이의 입에서 예상 점수가 흘러나왔고 내 이성은 순식간에 마비됐다. 평소 학교 성적에 연연하지 않는 엄마로 포지셔닝한 나는 애써 마음을 진정시키기 위해 눈을 감았다. 바로 쏟아내고 싶은 이야기들을 일단 한번 되삼킨다. (나도 성질 참 많~이 죽었다. 회사에서 그 까칠했던 직설 대마왕은 다 어디로 가고) 최대한 부드럽게.

　　　　　　　　사 춘 맘 화

"학원에서 다 준비한 거 아니었어? 실수한 거야? 학원 바꿔야 하는 거
아냐? 너랑 잘 안 맞는 거 아니니?"

내 말이 떨어지기 무섭게 바로,

"어, 학원이 문제인 거 같아. 학원 바꿔야겠어."

마치 문제의 원인은 명확하다는 듯 단호하게 말한다. 운좋게 A반
입성을 이뤄낸 중간고사 때는 '학원은 다 비슷하다, 별 차이 없다, 자
기가 하는 게 중요하다'라며 학원 무용론을 주장했던 채린이었건만
잘 되면 내 탓이오 안 되면 조상 탓이라더니 꼭 그 경우다. 낮은 점
수를 죄다 학원 탓으로 돌리는 건가?

사실 앞으로 딸아이의 인생에서 중학교 때 본 수학 점수가 뭐 그
리 중요하겠는가? 좋은 대학 나왔다고 회사 생활 잘하는 것도 아니
라는 걸 많은 신입사원을 받으면서 몸소 체험한 나 아닌가? 명문대
나온 사차원 광고주 때문에 무지 고생한 경험도 있는 내가 아닌가?
4차산업혁명 시대에 맞는 인재상이 꼭 대학을 나와야, 특히 명문대
를 나와야 하는 것이 아님을 현장에서 뼈저리게 깨닫지 않았는가?
하지만 내 자식의 일이라고 생각하면 이런 이성적이고 논리적인 기

준이 잘 적용되지 않는다. 그래도 학벌은 평생 따라다닐 꼬리표인데, 그 사람의 기본적인 성실성과 의지의 산물이고 또 자존심 문제 아닌가? 라는 편협한 생각들이 마음속에서 꿈틀거린다.

"엄마는 성적 중요하지 않다며? 성적 신경 안 쓰는 쿨한 엄마인 척하더니, 나는 나름 노력했는데 고생했다고 해줘야 하는 거 아냐?"

아이는 오히려 내게 화를 낸다.

"야, 그럼 이 점수에 춤이라도 추랴? 잘했다고 칭찬해줘야 되는 거야? 쿨한 엄마? 이 상황에 쿨한 엄마가 뭔 소용 있냐? 쿨한 엄마, 개나 줘버리라고 해!"

감정을 추스르지 못하고 나도 한바탕 쏟아낸다. 시험 본 걸 돌이킬 수는 없다. 그리고 내일 또 시험을 봐야 하는 상황. 지나간 건 잊고 빨리 내일 시험 볼 과목들 준비하라고 위로해줘야 하는데…… 나도 모르게 채린이의 심기를 건드렸고 딸내미는 울면서 자기 방으로 들어가 문을 닫아버린다.

채린이 친구들 사이에서 나는 나름대로 쿨한 엄마다. 젊은 감성이 중요한 광고회사에 다닌다는 포장지 때문일 수도 있지만 공부에 대한 스트레스를 덜 주고 채린이와 친구같이 재미있게 이야기하는 상황이 몇 번 친구들의 눈에 띄었던 탓이기도 하다. 그후로 친구들은 웃긴 친구 엄마를 조금은 이상하게 보면서도 "너희 엄마 쿨하시다" 하며 채린이를 부러워하기도 하는 듯했다.

다시 한번 심호흡을 하고, 울고 있는 채린이에게 조용히 다가가,

"그래 피곤하니까 한 시간 자고 일어나 점심 먹고, 내일 시험 준비해라. 괜찮아, 다음에 잘 보면 되지. 엄마가 생각이 짧았네."

생각 짧은 엄마는 거실로 나와 다시 깊은 호흡으로 화를 삼킨다. 채린이 초등학교 3학년 때 학교 시험 준비를 도와준 적이 있다. 나올 만한 문제를 골라 풀게 하고 중요한 부분을 설명해주었다. 드디어 시험 보는 날 아침. 열심히 파이팅을 외치고 회사로 출근했다. 그날 퇴근해서 집에 돌아오자마자 부리나케 시험 점수를 물었다. 그리고 시험지를 보는데, 내가 가르쳐준 것을 보기 좋게 틀려왔다. 그걸 보는 순간 나도 모르게 "야, 너 바보야? 이거 엄마랑 했잖아?" 소리를 질렀다. 그리고 들려오는 채린이의 울음소리. 후회하기에는 이미 너무 늦어버렸다.

사 춘 맘 과 딸

그후 나는 채린이의 시험 공부를 도와주지 않는다. 내가 시간과 노력을 들인 만큼 시험 결과를 기대하게 되는데, 내 기대보다 못하면 실망도 커지고 모녀관계만 나빠지게 될 것이 뻔하기 때문이다. 최대한 학교 공부나 성적으로 스트레스 주지 말자고 생각했다. 다른 엄마들하고는 뭔가 좀 다른 멋진 엄마가 되어야지 하고 생각했다. 채린이가 좋아하는 음악을 같이 듣고 웹툰과 영화를 같이 보며 말이 잘 통하는 쿨한 엄마가 되자고 다짐했다. 하지만 마음속으로는, 그래도 성적은 잘 받아오겠지 하는 막연한 기대나 희망을 갖고 있었던 것 같다.

'공부하는 과정에 개입하고 싶지 않지만 그렇다고 실망스러운 결과를 보여주지는 말아다오.'

'좋은 결과를 가져오면'이란 전제 조건을 내 스스로 만들어둔 채 '성적에 신경 안 쓰고 자율성을 최대한 보장해주는 쿨한 엄마'가 되겠다고 생각한 것이다. 나는 그냥 멋지고 쿨한 엄마 코스프레를 하고 싶었던 거다. 아이 공부에만 집중하는 다른 엄마들의 열정을 무시하며 직장맘이라는 평계로 나의 무관심과 게으름을 쿨한 엄마로 포장하고 싶었던 거다. 너의 성장만큼 나의 자아실현도 중요하다는 이기심을 숨긴 채 말이다. 하지만 기대와 다른 현실에 나의 쿨한 엄마 코스프레는 본 모습을 드러내고 만 것이다.

소아청소년 심리 전문가 오은영 원장은 "아이에게 소리를 지르고 화를 내는 것은 엄마가 불안해져서 그런 것"이라 말한다. 'A반에서 B반으로 내려가면 친구들 보기에 창피하지 않을까?' '수학을 못하면 대학 가기 힘들다던데 어떡하나? 이러다 스카이는커녕 인서울도 어려운 거 아닌가? 취직도 힘들다던데……' 중간고사 수학 시험을 망쳤다는 사실 하나에 나의 걱정과 불안은 꼬리를 물고 이어졌던 거다. 채린이의 대학 졸업 후까지 섣불리 내다보며 걱정을 미리 하는 나의 습관이 발동해 아이의 미래를 안갯속으로 몰아가려 했던 거다. 평소에 사이좋은 모녀관계면 뭐하나? 이렇게 한순간에 마음의 상처를 주며 냉랭해지는 것을.

언제쯤 아이 시험 점수에 흔들리지 않는 내공이 쌓일까? 언제쯤 아이 문제로 불안해하지 않게 될까? 흔들리지 않는 내공이라는 것은 없는지도 모른다. 절대적 믿음이라는 것도 환상일지 모른다. 모든 엄마들은 분명 흔들리고 자식에 대해 불안해한다. 다만 그런 마음에도 불구하고 어떻게 서로에게 상처를 주지 않고 갈등 상황을 해결해나갈 수 있는가가 중요하다. 문제를 해결하기 위해서는 상황에 대한 예측과 가능한 해결 방안에 대한 훈련이 필요하다. 난 엄마

사춘맘과 딸

가 되었지만 딸과의 갈등 상황에 어떻게 대처할지 훈련이 안 되어 있었다.

학창 시절, 화학 실험에서 금속을 불꽃에 가까이했을 때 금속마다 색깔이 다르게 나타나는 것을 보고 신기해했던 기억이 난다. 금속마다 다양한 원소를 지니듯 갈등 상황도 여러 가지일 것이다. 그렇다면 상황에 맞는 가상 시나리오라도 미리미리 만들어 마음의 모의 훈련이라도 해야 하는 게 아닐까?

엄마와 딸의 거리는
몇 미터가 적당할까

가족과 나 사이에 필요한 거리 20cm

친구와 나 사이에 필요한 거리 46cm

회사 동료와 나 사이에 필요한 거리 1.2m

김혜남 정신분석 전문의는 누구나 남에게 침범당하지 않는 물리적, 심리적 공간이 필요하다고 했다. 너무 멀어서 외롭지 않고 너무 가까워서 상처 입지 않는 거리를 찾는 것이 중요하다는 것이다. 딸아이 같은 반에 엄마의 직장 때문에 떨어져 사는 수린이라는 친구가 있다. 부산에 사는 수린이 엄마는 주말에 한 번 서울에 올라오는 모

양이었다. 많은 친구들이 그런 수린이를 부러워한단다. 잔소리하는 엄마가 없으니 완전 자유의 몸 아니냐며. 엄마와의 거리가 멀면 멀수록 부러움의 대상이 되는 것인가?

"지금 안 일어나면 학교 늦어. 이제 더 안 깨운다! 일어나서 김에 싸서 밥 조금 먹고 가."
"아, 안 먹어. 늦었어. 지금 나가야 돼. 엄마, 체육복 어딨지? 오늘 가져 가야 되는데."
"네 방 옷장 두번째 서랍에 없어?"

매일 아침 반복되는 대화. 바쁜 아침 조금이라도 시간 절약을 위해 이것저것 챙겨주다보니 이제는 당연한 일상이 돼버렸다. 학교에서 돌아와 내가 챙겨준 간식과 감기약을 먹고 학원으로 향하는 채린이에게 일교차가 심해서 저녁에는 춥다고 긴팔을 챙겨줬다. 가방을 들어보니 돌덩이가 들었는지 휘청한다.

"엄마가 말했지? 가방은 최대한 무게 줄여서 양쪽으로 보조가방 활용하라고. 무거운 거 메고 다니면 키 안 큰다잖아. 너 나중에 후회한다. 지금 공부보다 더 중요한 게……"

"알았어 알았어. 그만해, 그놈의 잔소리 그만하라고요. 나도 엄마가 부산에 있어서 일주일에 한 번만 보면 좋겠네."

그러곤 가방을 메고 그냥 휙 현관을 나가버린다. 매일매일 눈앞에서 잔소리하는 엄마와 멀리 떨어져 일주일에 한 번 보는 엄마. 과연 딸과 엄마의 거리는 어느 정도가 적당한 걸까? 어릴 땐 내 품에서 벗어나지 않고 항상 붙어다니려 했던 채린이. 초등학교 때까지도 자기 침대에 같이 누워 책을 읽거나 이런저런 이야기를 하며 자신이 잠들 때까지 옆에 있기를 원했었는데. 회사에서 돌아오면 채린인 그날 학교에서 있었던 소소한 사건 사고 등을 조잘조잘 이야기해주었다. 그때 우리 사이 거리는 10센티미터 이내가 아니었을까? 워킹맘이어서 같이 있는 시간이 많진 않았어도 밤에 이렇게 한 침대에서 잠깐이라도 같이 누워 있으면 채린이의 생각과 마음을 다 읽는 듯했고 하루종일 보고 싶었던 감정들이 다 보상된 듯했다. 이보다 더 가까운 모녀지간이 없다고 자신했었다. 비밀 없는 모녀지간! 생각만으로도 행복하지 않은가? 그랬던 우리 사이가……

중학교에 들어가 사춘기라는 커다란 복병을 만나 이제 침대에 눕는 것은 고사하고 자기 방에 들어오는 것도 별로 내켜 하지 않는다. 언젠가 아이가 학교 간 후 방에 들어가보니 책장에 책들이 어지럽게 꽂혀 있길래 난 교과서, 참고서, 학원교재 등 나름 구분해서 깔끔하게 정리했다. 채린이는 자기 책상이 어떻게 바뀌었는지 알아차리지 못하고 있더니 다음날 필요한 책을 찾으려다가 상황을 파악하게 되었다. 하지만 내게 돌아온 피드백은 정리해줘서 고맙다는 말이 아닌 '내가 찾기 쉽게 위치를 다 정해둔 것인데 엄마가 바꾸는 바람에 내가 찾는 책이 없어졌다'는 볼멘소리뿐이었다. 내가 자기 책을 숨긴 것도 아니고 버린 것도 아닌데…… 이렇게 시작된 대화는 결국 자신의 방은 자신만의 사적 공간이니 프라이버시를 존중해달라는 결론으로 마무리되었다.

아이는 점점 자기 세계와 나의 세계를 분리하고 거리를 두고 싶어했다. 학원에 태워다줄 때도 채린이는 내 옆자리에 앉아 있으면서도 이어폰을 끼고 음악을 듣는다. '잠시라도 혼자만의 세계를 즐기고 싶다, 또는 내 세계에 너무 깊이 들어오지 말아달라' 뭐 그런 의미를 전달하는 무언의 시위 같다. 물론 심한 사춘기를 겪는 아이들에 비하면 나름 얌전하고 양호한 편이긴 하다. 채린이 친구 중에 특목고를 목표로 공부하는 아이가 있는데 특목고를 가고 싶어하는 이유 중 하나가 엄마와 떨어져 기숙사에서 생활할 수 있다는 것이란다. 채린이는 기숙사 생활에 대한 환상이나 동경은 없는 것 같다. 엄마가 옆에서 이것저것 챙겨주는 편리함에 익숙해져버린 것일지 모르겠다. 도움이 필요할 때는 언제든지 옆에서 도와줄 수 있는 거리에 있으면서도 그 밖의 시간에는 멀리서 신경쓰지 말고 그저 눈치만 보고 있어달라는 것 같다. 그러니까 엄마인 나는 현명하게 때와 장소를 가려가며 서로의 거리를 조절하는 '밀당'을 해야 하는 것이다.

사회언어학자인 데버라 태넌은 딸과 엄마는 나이가 들고 삶이 변화함에 따라 서로 간의 거리를 지속적으로 재조정해야 한다고 말했다. 나도 생각해보면 내가 십대였을 때보다 마흔 중반이 지난 지금이 엄마와 오히려 더 가까워진 느낌이다. 학창 시절 난 엄마와 많은 것을 공유하지 않았다. 엄마는 단지 음식을 준비하고 가족들의 건강을 챙겨주는 존재로만 생각했던 것 같다. 엄마는 나의 공부나 학교생활에 대해 이런저런 말씀을 안 하셨다. 내가 하는 걸 그저 지켜보고 계셨던 것 같다. 십대를 지나 성인이 되면서 엄마와의 거리는 조금씩 더 멀어졌다. 그것이 독립적인 인격이 완성되는 자연스러운 과정이라 생각했다. 결혼을 하고 자식을 낳아 엄마가 되니 멀었던 그 거리가 다시 가까워졌다. '같은 엄마'라는 입장에서 고민이나 어려움을 이야기하며 나는 서툴고 힘든 엄마 노릇에 대한 하소연을 자주하게 되었다. 엄마와 이야기하면 난 누군가를 보호해야 하는 엄마가 아닌 여전히 보호받아야 하는 딸로서 오히려 편안함을 느낀다.

사 춘 맘 과 딸

"오늘도 아침에 삼십 분이나 깨웠다니까. 지각한다고 아무리 소리쳐도 자기는 못 들었대. 내가 속 터져, 정말. 밥도 못 먹고 부랴부랴 갔다니까."

난 엄마에게 전화를 걸어 오늘 아침 광경을 재현하며 투덜거린다.

"그래, 채린이 깨우기 어렵잖아. 나도 알아. 누워서 일 분만, 십 분만 그러면서 계속 뭉그적거리잖아."

엄마는 손녀딸과 거리를 두고 나와의 거리를 바짝 좁힌다. 우리는 언제나 한편인 것처럼. 가끔은 우리집에 오시면 엄마는 채린이에게 "누가 우리 딸내미 힘들게 해? 너 채린이, 우리 딸 말 잘 들어" 하시며 손녀딸을 위협하는 시늉을 해 우리를 한바탕 웃게 만드신다.

"할머니 이제 간다~"
"난 할머니가 제일 좋아!"

둘 사이에 뭔가가 있다. 한쪽 눈을 찡긋하며 둘만 아는 비밀인 듯 사인을 주고받는 걸 보니 분명 할머니에게 뭔가를 받은 게 틀림없다. 지금 엄마는 손녀와의 거리를 바짝 좁힌 상태다. 엄마는 딸과도

사 춘 맘 화

손녀딸과도 거리를 적절히 잘 조절하신다. 너무 지나치게 간섭하며 나와 채린이의 영역에 들어오지도 않고, 그렇다고 방관자처럼 너무 멀리 계시지도 않는다. 이런 건 어느 책에도 나오지 않는 엄마의 인생 지혜와 경륜의 산물일 것이다.

채린이는 조금이라도 짬이 나면 침대에 눕는다. 언제나 핸드폰을 들고 누워 SNS삼매경에 빠져든다. 나는 그 시간이 아깝다고 생각하고 딸아이는 친구들 사귀는 데 필수라 생각한다. 난 뭐라도 하고 있지 않으면 좀 불안감을 느낀다. 공교육의 영향 탓인지 농업적 근면성 탓인지. 채린이가 침대에 누워 빈둥대는 모습은 나에게 일종의 스트레스다. 무기력해 보이는 딸을 보고 있으면 답답하고 한심하다. 사실 딸아이의 시간이니 스스로 관리하고 계획해야 하는 것이 맞는데도 내가 아이의 영역으로 자꾸 들어가려 한다. 그 시간의 중요성을 깨닫고 스스로 뭔가 하고 싶어할 때까지 일정 거리를 유지하고 있어야 하는데 말이다. 채린이가 사춘기인 지금이 어쩌면 가장 먼 거리를 유지해야 할 때일지도 모르겠다. 한 발, 아니 좀더 멀리 떨어져서 바라보고 도움이 필요할 때만 다가가야 하는데, 전업맘이 된 내가 자꾸 거리를 좁히는 게 아닐까? 잠시도 가만히 있지 못하는 나의 조바심이 오히려 채린이를 침대 속으로 더 밀어넣는 것이 아닐까? 채사장은 『열한 계단』에서 "소중한 사람이라면, 지켜주고 싶은 사람이라면 그들이 상처 입지 않고 건강하게 자랄 수 있도록 그들을 당신으로부터 밀어내야 한다. 우리에게 필요한 것은 그들과 함께 있는 시간이 아니라 그들을 그리워하는 시간이다"라고 했다. 맞는 말이다. 내게서 조금씩 밀어내야 한다.

저녁 아홉시 삼십분에 딸에게서 걸려온 전화.

"엄마, 지금 끝났는데 힘들어. 데리러 와줘요."
"엄마가 부산에 있는 게 좋다며. 부산에서 어떻게 픽업 가니?"

말은 이렇게 하지만 나도 모르게 주섬주섬 옷을 입고 차 키를 찾는다. 엄마와 딸 사이에 '밀어내기'와 '적당한 거리 두기'는 불가능한 일이 아닐까? 난 아직 우리 엄마를 따라가기엔 한참 먼 것 같다.

사 춘 맘 화

이것은 여행인가,
고행인가

 사춘기 자녀를 둔 엄마들은 '여행'에 대해 할말이 많다.
 '프로 불편 여행러'인 사춘기 아이들을 동반할 경우에는 그 여행
이 고행이 되기 십상이기 때문이다.

 사춘기 자녀 동반시 여행 수칙
 1. 오래 걷지 말 것
 2. 이곳저곳 구경하지 말 것
 3. 사찰 · 전시회 · 미술관 등 교육과 관계된 장소에 가지 말 것
 4. 아침잠을 줄여가며 감행하지 말 것

사춘기 자녀 여행 수칙

걷기	안 걷기
음식	대충 먹기
숙소	와이파이 터지는 곳
관광	스마트폰만 봄
조식	잠이 더 중요함

5. 억지로 끌고 가지 말 것

이 정도 간단한(?) 수칙만 지켜준다면 여행도 문제없다!

"말도 마라! 여기를 왜 온 거냐며 여행하는 내내 싸우고 난리였어. 내가 다시는 애랑 여행을 가나봐라."

친구가 사춘기 딸과 일본으로 여름휴가를 다녀왔는데, 보통 고행이 아니었다고 한다. 해외여행 가서 아이들이 호텔방에만 처박혀 있거나 핸드폰만 보고 있다면 그 비싼 돈을 내고 왜 온 건지 본전 생각이 들 수 있다. 준호도 유희왕 카드를 사기 위해 일본에 온 것만 같았다. 2박 3일 동안 도쿄에 머물렀지만 아키하바라에만 두 번 갔고, 거기 가서 유희왕 카드 구경만 했다. 아침부터 땡볕에 찾아갔다가 투덜거리는 데시벨이 점점 더 높아져 더이상 다른 곳에 가지 못하고 다시 아키하바라로 돌아왔다. 유희왕 카드 산 기억밖에 없다. 아, 많이 먹기도 했다. 먹는 것과 자신이 좋아하는 캐릭터 보는 것 이외에 당최 걸어다닐 생각을 하지 않았다.
　뭐, 나는 그런 여행도 좋다. 가족이 함께였고, 그곳에 우리가 있었으면 된 거지. 이런 내 기준에서도 준호의 행동은 좀 과했다. 그저 유희왕 카드만 보고 싶어했으니 말이다. 그래도 맛집 탐방에 흔쾌히 좋다고 해준 것은 다행이었다. 맛집으로 대동단결! 돈가스로 대동단결! 하지만 준호 아빠가 원하는 장소에만 가면 준호의 불만은 터져나왔다.

"왜 보냐고! 덥다고!"

1학년 여름방학 여행을 거울삼아 2학년 여름방학 휴가는 패스했다. PC방을 전전하는 것이 싫어서 사준 비까번쩍 컴퓨터 때문에 우리는 여름휴가를 가지 않기로 했다. 준호의 소원이 여름방학 내내 학원도 안 가고 컴퓨터 게임을 하는 것이었기 때문이다. 준호의 사춘기를 일 년 겪고 나니, 나도 준호의 선택을 존중해주는 쪽으로 돌아섰다. 여름방학이라봐야 우리 때랑 다르게 기껏 삼 주 정도밖에 안 된다. 이번 여름방학 때라도 맘껏 게임도 하고, 맘껏 잠도 자라는 의미였다. 그래야 2학기에 힘을 낼 것 아닌가? 여름휴가 대신 PC방 수준의 고사양 컴퓨터가 우리집 거실에 핫 데뷔했다. 그래픽 카드는 너무 비쌌다.

"아이구, 우리 여름휴가비님!"

사 춘 맘 과 아 들

컴퓨터를 한 번씩 쓰다듬으면서 내가 이렇게 말할 때마다 준호는 많이 겸연쩍어하지만 아랑곳하지 않고 거실 한가운데에서 게임을 한다. 뒤통수 한 대 때리고 싶어도 간식을 갖다주며 머리를 어루만진다.

"게임도 쉬어가면서 하세요, 배린아!"

배린이는 배틀그라운드와 어린이의 합성어로 생초보라는 뜻이다. 배린이 등판하시느라 올 여름휴가는 '순삭'되었다. 싸움의 여지가 많을 때는 무리한 여행보다는 가까운 산책이 되레 나을 때가 있다. 꼭 뭔가를 보는 게 여행의 전부는 아니니까.

주변 사람들의 이야기를 종합해본 결과 여행 타입은 주로 이렇게 구분되는 것 같다.

1. 사전계획파: 미리 일정과 숙소 등을 완벽하게 알아보고 비교하고 인터넷으로 후기까지 꼼꼼하게 챙겨본다. 마치 스포일러를 알고 난 후 영화를 보는 것처럼, 이미 사진으로 다 보고 와서 재미없다고 이야기한다.

2. 무계획파: 느낌대로 자유롭게 여행한다.

3. 쇼핑파

4. 본전 생각파

5. 본능파: 잔다, 먹는다.

사춘기 아이들은 주로 5번에 속한다. 그러니 여행을 가서 부모와 다툴 확률이 90퍼센트가 넘는다. 평상시에 직장일과 집안일에 찌든 부모들은 주로 사전계획파와 무계획파 혹은 본전 생각파가 많다. 그러니 서로의 지향이 다를 수밖에.

집집마다 이런 원성이 들리는 듯하다.

"얼마 들여 온 여행인데!"

"여기서 사진 찍어야 남는 거지."

"이거 읽어봐! 너는 왜 이런 건 안 읽고 딴것만 보니?"

본전 생각파 부모들과 지향점이 다른 사춘기 아이들은 '미술관 왜 가야 하나' 생각하며 시큰둥으로 일관한다. 숙소에서 뒹굴든 하고 싶은 것을 하든 마음대로 놓아두고 같은 장소에서 따로 여행을 해보는 것도 나쁘지는 않을 것 같다. 혹은 아이를 두고 부모들끼리만 여행을 해보는 건 어떤가. 〈나홀로 집에〉처럼 혼자 있는 시간 동

사 춘 맘 과 아 들

안 엄마의 소중함을 알게 될 수도 있다. 모두가 손에 손잡고 함께 여행지를 다니며 내가 느낀 것을 너도 느끼라고 강요하는 여행은 이제 더이상 별 의미가 없게 되었는지도 모른다.

"가장 생각나는 여행은?"이라는 질문에 나는 이름 모를 온천장을 떠올렸다. 무작정 떠난 주말 여행이었는데, 하필 겨울 스키 시즌이랑 맞물려 숙소를 정하지 못하고 결국 동네 허름한 온천장에 하룻저녁 머물게 되었다. 정말 허름한 곳이었지만 온돌방 아랫목에 가족들이 옹기종기 모여 누웠던 그 겨울 밤은 잘 잊히지 않는다. 대단한 여행보다도 이런 소소한 풍경이 더 기억에 남는다. 내가 어릴 적 가족이 모두 한방에 모여 잠드는 날은 나에게 언제나 이벤트처럼 느껴졌는데 그런 날은 밤새 언니들과 엄마 아빠에게 말 거느라 쉽게 잠들지 못했다. 아파트로 이사 와 내 방이 생기며 '독립적인 저녁'이 보장되었지만 어린 시절 이벤트는 사라졌는데, 그 이름 모를 온천장에서 어린 시절의 기분을 느낄 수 있었다.

"준호야, 지금까지 엄마 아빠 혹은 다른 가족들이랑 간 여행 중에서 좋았던 곳이 어디야?"
"일본! 유럽은 기억이 안 나. 무슨 박물관, 미술관만 가고……"
"유럽이 생각 안 나?"

헉, 몇백만 원씩 들여 간 여행이 생각나지 않는다니.

"지난겨울에 간 가평 여행이 좋았어! 엄마 아빠랑 수다 떨고 그냥 하루 편안하게 쉬다 온 그 여행 말야!"

여행은 오감으로 기억되는 행위이다. 꼭 보는 것만으로 국한시킬 필요는 없다. 사춘기 자녀들과는 2번, 무계획파를 택해 느낌대로 놀아보는 것도 좋을 것이다. 본전 생각하며 하나라도 더 눈에 귀에 넣어주려고 하지 말고, 즐거운 기억만 심어주자. 분명 그래도 얻는 게 있으리. 이제 의미강박에서 벗어날 때다.

사 춘 맘 과   아 들

알다가도 모를
사춘기 친구관계

"우리 반에 아는 애들이 없어. 다른 애들은 같은 반에서 올라와서 서로 잘 아는데."

신학기가 되면 아이들은 신경쓸 게 많다. 선생님들이나 친구들 대부분이 새로운 얼굴이고 동아리나 방과후 활동 등 새롭게 시작하는 것들이 많다. 그중에서 가장 기대되고 걱정도 드는 게 바로 새로운 친구 사귀기일 것이다.

사춘기 여자아이들은 감정의 높낮이도 크고 관계지향적인 성향이 강하다. 때문에 내가 볼 때는 별것 아닌 일에도 시시때때로 관계가 바뀌고 감정의 미묘한 변화로 힘들어한다. 보통 두세 명씩 짝을 지어 '자신들만의 그룹'을 만드는데 학기 초에 형성된 그 그룹은 일 년 동안 잘 바뀌지 않는다. 물론 세포가 증식과 분열을 거듭하듯 그 안에서 관계는 수시로 변화하고 진화한다. 하지만 그것도 처음에 맺은 그룹 안에서 이루어지는지라 초기 형성된 관계가 일 년 학교생활의 행복도를 결정짓는다 할 수 있다.

"유진이라는 애랑 친해졌어. 동아리 정해야 하는데 방송반 지원한대서. 나도 같이 시험봐보려구."

방송반에 별 관심 없던 채린이가 친구 따라 강남 간다고 경쟁률이 가장 높다는 동아리 준비에 열심이다. 준비하는 동안 둘은 더할 나위 없이 절친 사이가 되었건만 문제는 결과가 나온 다음이었다. 둘 다 합격이 되든지 아님 차라리 둘 다 떨어지면 문제가 없을 텐데 이상하게 친구 따라 간 딸아이만 합격이 된 것이다. 유진이는 방송반을 무척 하고 싶어했는데 얼떨결에 준비한 채린이가 돼버렸으니 둘의 관계는 거기서 상황 종료. 둘은 자연스럽게 멀어지고 각자 다른 친구들 그룹 주위를 맴돌게 되었다. 유진이는 활발하고 자기 주관이 강한 친구다. 언니가 있어서 또래보다 정보도 빠르고 성숙하기

사 춘 맘 과 딸

도 해서 아이들 대화에서 주도권을 잡는 듯했다.

"내가 다른 애들하고 좀 친해지려고 다가가면 어디선가 유진이가 끼어들어 애들을 데려가버려."

방송반 합격의 기쁨도 잠깐, 유진이와의 신경전 때문에 힘들어하는 딸. 그렇다고 방송반을 포기할 수도 없고, 유진이의 상황을 고려하면 자신이 너그럽게 이해해줄 수밖에 없다고 생각하지만 하루하루 현실은 힘든 것 같았다.

"애들도 다 알 거야. 유진이가 방송반 문제로 너한테 못되게 구는 거, 걔만 속 좁은 애 되는 거지 뭐. 시간 지나면 괜찮아질 거야. 그냥 내버려둬."

내가 해줄 수 있는 말이 별로 없었다. 가능한 빨리 다른 친구와 친해져서 '자기만의 그룹'을 만들기를, 마음이 맞는 진실한 친구까지는 아니어도 같이 몰려다니는 그룹이 생겨서 학교생활에 흥미를 잃지 않기를 바랄 뿐이었다. 초등학교를 대치동에서 나오지 않은 채 린이는 중학교에 입학했을 때 아는 친구가 없었다. 초등학교 때부터 영재반이나 과학반 등을 준비하는 이곳 아이들은 선행학습 학원을 다니면서 서로 알게 되고 친구가 된다. 중학교 때는 특목고를, 고등학교 때는 대학 입시를 준비하면서 자기랑 진도가 비슷하거나 실력이 비슷한 아이들끼리 친구관계가 형성된다. 한 무리가 되는 것이다. 학교 친구보다 어릴 때부터 같은 목표를 보고 힘든 시간을 함께하는 학원 친구들끼리 통하는 뭔가가 있는 듯했다. 이런 아이들은 일찍부터 수학과 과학 선행학습을 하고 대부분 이과 쪽으로 진로를 생각한다. 하지만 채린이는 전형적인 문과생이고 선행학습 진도도 못 미친다. 그러니 아이들과 다니는 학원도 다르고 공부의 깊이도 다르다. 그래도 채린이는 이 친구들을 좋아하고 같이 어울리려한다. 채린이도 열심히 한다고 하지만 워낙 어릴 때부터 선행학습을 해온 아이들이라 그런지 이미 저 앞에서 달리고 있는 것 같단다. 채린이에게 그들은 '넘사벽'인 것이다. 그들 사이에 있으면 자기는 '작아지고 무식해지는 것 같다'고 자존심 상해한다.

"나쁜 년들, 저희들이 잘하면 얼마나 잘한다구. 재수없어."

어느 날 학교에 다녀온 채린이가 씻지도 않고 교복을 입은 채로 침대에 눕는다. 이불은 머리끝까지 뒤집어쓴 채. 소리는 안 내지만

사 춘 맘 과 딸

울고 있다. 나도 마음이 찢어진다.

수학 시간에 선생님이 경시대회 문제 하나를 내주셨는데 채린이가 그걸 풀었단다. 반에서 세 명만 그 문제를 맞혔는데 채린이도 그중 하나였던 거다. 수학을 싫어하고 잘 못하는 채린이가 이 문제를 푸니까 친구들이 많이 비아냥거렸나보다. 네 실력이 아니라는 둥, 어쩌다 한번 맞혔다는 둥. 사실, 맞다. 어쩌다보니 잘 풀렸단다. 그래도 친구들이 그런 식으로 자신을 무시하는 게 자존심이 많이 상했단다. 그런 게 무슨 친구냐며 진정한 친구도 없다고 속상해한다.

나도 학창 시절을 생각해보면 성격이 잘 맞는 친구보다는 성적이 비슷한 반 친구들끼리 몰려다녔던 것 같다. 같은 반일 때 만들어진 그 그룹은 학년이 올라가 반이 바뀌면 없어지고 새로운 반에서 성적이 비슷한 아이들끼리 다시 새로 만들어졌다. 물론 가끔씩 성적이 전혀 비슷하지 않은 친구들이 같이 다니는 경우도 있긴 했지만 그 관계는 그리 오래가지 않았다. 이상하게 아이들은 서로의 성적과 석차를 말하지 않아도 알고 있었다. 반에서 임원을 하거나 학급 일을 하는 아이들 사이에서는 또하나의 그룹이 만들어지기도 했다. 그때 나에게 친구는 '같이 다니는 아이들' 정도였다. 같이 다니는 친구들이 없으면 왠지 나만 소외될 것 같은 불안감이 들었다. 그 친구들과 마음이 딱 맞아서라기보다 내가 어딘가에 소속되어 있다는 안도

감, 그런 게 필요했다. 같이 다니면서 최소한 서로 간의 자존심은 지켜주려 했던 것 같다. 「지란지교를 꿈꾸며」 같은 시에 나오는 이상적인 친구상을 마음속에 그리며 언젠가 그런 우정을 만들기를 꿈꾸었더랬다.

채린이도 그런 무리에 자기가 끼어 있어야 마음이 편안한가보다. 공부 잘하고 잘나가는 그룹을 자신의 준거집단으로 생각하고 마음에 꼭 맞지 않아도 그들과 어울리고 싶은 거다. 자존심을 다쳐가면서도 그들과 같은 무리에 있고 싶은 마음, 그러면서도 따뜻하게 정을 나눌 그런 친구에 대한 그리움…… 뭐 이런 복합적인 감정이 드는 게 아닐까?

시간이 지나고 부모로서 딸아이의 친구관계를 보며 '친구'에 대해 다시 생각해보게 된다. 지금 내게는 마음을 터놓고 편하게 이야기 나눌 수 있는 친구가 몇이나 있을까? 학창시절 같이 다니던 친구들은 시간이 지나면서 다 사라지고 오히려 사회에서 만난 사람들이 나이에 상관없이 마음 편한 친구들이 되었다. 어느 정도 성장한 후 관계를 맺다보니 취향과 생각이 맞으면 마음이 더 잘 통해서일까? 우리 아이들이 만들어가는 친구관계도 상호작용을 통한 관계 맺기의 시작일 것이다. 이 시기에는 자기 자신에 대해서도 잘 모를뿐더러 표현하는 방법도 서툴고 미숙하기에 오해와 미움이 있을 수밖에

사 춘 맘 과   딸

없다. 그러다 싸우고 멀어지고 원수가 되기도 한다. 시행착오를 거치며 아이들은 사람에 대한 이해와 공부를 하게 되고 향후 더 큰 조직과 사회에서 더 다양한 사람과 관계 맺는 데 좀더 익숙해질 수 있을 것이다. 사람과 사람 사이의 신뢰를 통해 사랑하는 사람들과의 관계를 어떻게 만들어가는지 터득하게 될 것이다.

언제 일어났는지 딸아이가 학원 가방을 챙기며 다시 나갈 준비를 한다.

"왜? 학원 벌써 가려고?"

"응, 민수가 전화왔네. 학원 가기 전에 만나서 저녁 같이 먹자고."

"민수? 오늘 너 무시했다며? 친구도 아니라며?"

"그럴 수도 있지 뭐, 다들 예민하니까 이랬다저랬다 하는 거지. 가요~"

하루에도 열두 번, 친구와 적을 오가는 딸내미의 좀 헷갈리는 인간관계! 사춘기 친구관계는 알다가도 모를 일이다.

잠시 휴전하고
쟤들 구경하자.

오늘은 친구지만
내일은 적이다.

내일은 적이지만
모레는 친구다.

한마디
잔소리보다
한 번의
안아주기

지금은 종영했지만 EBS에 〈우리 가족 거리 좁히기—부모성적
표〉라는 프로그램이 있었다. 거기에는 나와 비슷한 엄마들이 등장한
다. 물론 내 아들과 비슷한 아이들도 나온다. 그러고 보면 사춘기 자
녀를 둔 가정은 거의 비슷비슷한 하루를 보내고 있는 듯하다. 영상
속에서 우리네 엄마들은 아이들을 따라다니면서 잔소리를 해대는
데, 엄마들은 참으로 꾸준히 잔소리하고 아이들은 참으로 꾸준히 안
듣는다. 반복의 힘이 적용되지 않는 영역인 것이다.

"시작하는 법만 잊지 않으면 사람은 언제나 젊대."

"알았다고, 그만하라고! 지겹다고!"

영상 속 아이들은 울부짖는다. 엄마 목소리가 칼처럼 들린다던 준호의 말이 생각난다. 늘어난 몸무게를 줄일 수는 없지만, 잔소리만큼은 줄여보려고 노력한다. 하지만 어렵다, 잔소리하지 않기! 물론 아이들도 잔소리 들을 만한 행동을 했다는 책임이 있다. 닭이 먼저냐 달걀이 먼저냐 하는 문제처럼 말이다. 아이들이 엄마 말을 안 들어서 잔소리를 하게 되는 걸까? 엄마가 잔소리만 해서 말을 더 안 듣게 되는 걸까? 매일 아이 뒷바라지와 집안일에 시달렸지만, 보람은 고사하고 아이의 사춘기에 맞닥뜨리게 되는 엄마들의 찢어지는 맘을 누가 알아줄까. "보람 따위는 됐으니 야근 수당이나 주세요!"라고 외치고 싶은 심정일 것이다.

영유아 엄마를 대상으로 하는 팟캐스트에 출연해 '사춘맘화'라는 코너에서 선배 엄마의 경험을 나누었던 적이 있다. 팟캐스트를 녹음하던 중 때로는 여러 마디 말보다 한 번의 허그가 더 좋을 때가 있다는 이야기를 들으며 시어머니가 생각났다. 늘 우리 의견을 잘 경청하고 적절한 조언을 해주시는 시어머니는 꼭 헤어질 때 우리 부부와 준호를 한번씩 껴안아주신다.

다 큰 어른이 되어 어머니께 안긴다는 것이 처음에는 좀 어색했지만, 이제는 어머니 품에 안기고 나면 힘이 나곤 한다. 요즘 들어 그 생각이 나서 학교 가는 준호를 엘리베이터 앞에서 꼭 안아줄 때가 있다. "학교 가서 싸우지 말고, 선생님 말씀 잘 듣고, 졸지 말고……" 하고 싶은 말이 대기번호처럼 기다리고 있지만 때로는 포옹을 선택한다. 졸린 아침에 무슨 말이 들리겠는가?

"아가! 애들은 컸어도 애기니께, 한 번씩 안아주고 스킨십도 해주고 그래라!"

친정엄마의 말씀이 생각나는 날이면, 잠자는 준호의 등에 손을 넣어 쓰다듬는다. 나에게 대들 때는 사내 같고 드세 보여도, 이렇게 자고 있으면 그저 아기다. 길을 걸어갈 때나 사람 많은 곳에서 팔짱 끼려고 하면 준호는 기겁을 하고 소스라치게 놀란다. 그러나 자고 있을 때는 머리를 쓰다듬든, 얼굴을 문지르든, 등을 긁어주든 가만히 있는다. 사춘기 아이들은 '관종' 증세 혹은 연예인 증세가 있어 모두가 자신만 바라보고 있다고 생각한다지? 고작 열다섯 살인데 자기 스스로는 나름 다 큰 성인이라고 생각해, 엄마가 자기 팔짱을 끼면 마마보이처럼 보일까봐 그러는 거라고 하니, 뭐 어쩔 수 없는 노릇이다.

"바쁘니? 애 키우고 공부하느라 바쁘지? 네가 애쓴다!"

시어머니는 항상 공감의 대화를 하신다. 이렇게 나의 상황을 전폭적으로 이해하는 말을 먼저 꺼내시면 나도 대화가 자연스러워지고 어머니와 이야기를 하고 싶어진다. 몇 주 동안 전화 한 통 못한 며느리에게 애쓴다고 말씀해주시니, 나도 모르게 어머님께 잘해드리지 못해 죄송한 마음이 든다. 나도 준호에게 공감의 말을 해주고 싶은데, 왜 나는 어머니처럼 잘 안 되는 걸까?

프레젠테이션을 할 때도 비언어가 설득에 더 도움이 되는 경우가 많다. 나도 백 마디 잔소리보다 한 번의 포옹으로 준호에게 사랑을 표현하고 싶은데 그게 잘 안 된다. 이제부터라도 좋은 말, 따뜻한 행동을 먼저 해줘야지. 그게 잘 될지는 모르겠지만 말이다. 오늘도 나는 하루 늙었고, 한 뼘 성장해간다.

벗어나고파!

"학원 안 가니? 늦겠다!"

"아~ 오늘 진짜 힘들다."

오늘이 바로 그날이다. 한 달에 한 번씩 빠지지 않고 찾아오는 마법의 날. 유난히 생리통이 심한 아이는 이날이 되면 짜증은 최고점을 찍고 체력은 최저점을 찍는다. 학교에서 쉬는 시간마다 화장실을 간다 해도 그 찝찝함을 해소하지 못할 테다. 말로 표현하기 어려운 알싸한 아랫배의 통증은 딸의 짜증 지수를 극대화한다. 학교에서 오면 바로 쓰러져 방전된 체력을 재충전하느라 다른 때보다도 시간이 부족하다.

오늘 학원을 안 가고 싶어하는 눈치다. 마음 같아선 가지 말고 쉬라 하고 싶지만 엊그제도 빠져서 오늘 또 못 간다고 학원 선생님께 문자 하기도 어려운 상황이다. 수업 한 번 빠지면 보충하기가 훨씬 힘든데 오늘 또 빠지면 몇 배의 시간이 더 든다는 것은 본인이 더 잘 알 테다. 학원 수업 시간은 점점 다가오고 차 타고 가는 데 걸리는 시간 생각하면 지금 일어나야 하는데…… 내가 더 조급해진다. 누워 있는 침대 옆에서 서성이며 "오늘도 빠지면 진도 따라가기 힘들걸" 하는 걱정의 멘트를 최대한 가볍게 툭 날린다. 그때 본심이 드러나는 딸의 단호한 목소리.

"오늘 못 가겠어, 너무 힘들어. 가기 싫어."
"아휴, 맨날 그렇게 빠지면 어떡하냐? 엄마 학원 샘한테 문자 또 못하겠다. 엊그제도 했는데 오늘 또 어떻게 하냐? 네가 문자 해, 그럼."

나도 모르게 짜증을 확 내버렸다. 그러자 채린이가 갑자기 벌떡 일어나더니 가방을 주섬주섬 챙겨 현관을 나가버린다. 인사 한마디 없이. 순식간에 일어난 일에 좀 당황스러웠다. 나가는 뒷모습을 보니 애처롭고 안됐기도 했다. 그냥 가지 말라고 할걸 하는 후회도 들었다. 어쨌든 갈 때는 힘들어도 다녀오면 보람을 느끼겠지. 엄마한테 고마워할 수도 있고 말야. 좋게 해석했다. 그리고 학원 선생님께 문자를 보냈다.

"안녕하세요, 선생님. 채린이가 학교에서 조금 늦게 와서 지금 나갔어요. 수업 시간 조금 넘어서 도착할 듯하네요. 죄송합니다."

상황 종료라 생각했는데 이십 분 후 학원 선생님께 전화가 걸려왔다.

"어머니, 채린이가 문자 왔는데 오늘 아파서 못 온다고 내일 보충 오겠다고 하는데요?"
"……아, 네, 애한테서 지금 막 문자왔네요. 가려고 나갔는데 너무 아파서 다시 집으로 온다고 하네요. 죄송합니다. 내일 보낼게요."

난 분위기 파악을 하고 얼른 둘러댔다. 전화를 끊고 바로 딸에게 전화를 했다. 뚜~ 뚜~ 뚜~ 전화 신호는 가는데 받지 않는다. 몇 번을 해도 답이 없다. 나의 분노 지수는 점차 높아지고…… 잠시 후 한 통의 문자가 온다.

"나 지금 할머니네 가요. 학원은 못 간다고 샘한테 내가 문자했어요."

속이 부글부글. 전화를 안 받으니 화를 낼 수도 없고, 나만 울화가 터진다. 그렇게 두 시간이 지났다. 아무것도 못 하고 혼자 분을 삭이던 중에 친정엄마에게 전화가 걸려왔다.

"채린이 여기서 자고 있다. 자기 가출했다는데? 집에 안 간대. 너랑 싸웠다며?"
"자기가 그래요? 가출했다고? 참 나, 싸우긴 뭘 싸워. 학원 가기 싫으니까 할머니 집으로 가버린 거지."
"학원 가기 싫다면 그냥 가지 말라고 해라. 억지로 공부가 되니? 그냥 알아서 하게 내버려둬."
"어휴, 내가 속 터진다니까. 엄마도 그냥 다 받아주지 말고 뭐라고 혼 좀 내요."

어릴 적 외할머니 손에 자란 채린이는 할머니가 자신의 가장 강력한 지원군이요, 보물 1호라고 생각한다. 초등학교까지 할머니랑 같은 동네에 살다가 낯선 곳으로 이사 온 후로는 어릴 적 살던 동네를 그리워한다. 지하철로 십오 분이면 갈 수 있는 그곳을 마치 머나

사 춘 맘 과   딸

먼 마음의 고향같이 이야기하곤 한다. 대치동에 이사 와서 영혼이 쇠약해져가는데 거기 가면 정신적 여유를 느낄 수 있다고 생각하는 듯했다. (대치동으로 이사한 건 누가 강요한 것도 아니고 자기가 자처해서 온 것이건만……) 중간고사나 기말고사가 끝나면 그 동네 가서 정신적 회복을 하고 오겠다며 위시리스트에 꼭 적어둔다. 제딴은 평상시에는 잘 가지 못하는 그곳으로 가면서 가출이라 생각했나보다. 몸도 마음도 힘든 자신을 학원으로 내모는 엄마의 잔소리에서 벗어나고 싶었던 걸까. 학교와 학원을 쳇바퀴 돌듯이 왔다갔다하는 평일의 스케줄에서 이탈하고 싶었던 걸까. 밤 아홉시쯤 딸이 드디어 전화를 받는다.

"밥은 먹었니?"
"어."
"엄마가 데리러 갈까?"
"오늘 할머니 집에서 자고 내일 오전에 학원으로 바로 갈래."
"그래, 그럼."
"할머니가 엄마한테 죄송하다고 말하래."

자기는 잘못한 게 없는데 할머니가 시키니 어쩔 수 없이 말한다는 투다. 나도 최대한 무미건조하게 대답했다. 다행히 오늘이 금요일이니 집에 오기 싫다면 그냥 두는 게 좋을 것 같았다. 딸내미 없는 집이 왜 이리 조용하고 삭막한지.

전화를 끊고 눈물이 났다. 가슴이 답답했다. 엄마는 바다와 같은 넓은 마음으로 모든 것을 다 이해해줘야 한다는데, 내 속이 좁은 건가? 학원 가기 싫다는 채린이를 좀 너그럽게 봐줄 수 없는 걸까? 마음으로는 안쓰럽고 불쌍한데 현실을 생각하면 경쟁에서 뒤처질까 걱정과 불안으로 조급해진다. 나름 이해해보려고 애를 쓰건만 딸아이는 내 마음 같지 않고…… 서운하기도 하고 원망스럽기도 하고 배신감도 들고, 나도 내 마음을 잘 모르겠다.

한편으로는 다행이다 싶다. 가출해서 마음 편히 찾아갈 할머니가 계시니. 현재의 외롭고 답답한 시간에서 벗어나서 다시 자신을 추스를 곳이 있다는 게 얼마나 감사한지 모르겠다. 영화 〈원더〉를 보면 선천성 안면기형의 얼굴을 가진 어기의 누나 비아가 나온다. 비아는 동생이 태어나는 순간부터 온 집안의 관심과 사랑이 동생에게 집중되어 있다는 생각에 소외감을 느낀다. 어기는 태양이고 가족은 그 주변을 도는 행성이라고 생각한다. 친구와도 멀어지고 혼자라고 느낀 비아는 할머니와의 추억이 있는 코니아일랜드를 찾는다. 비아의 할머니는 살아 계실 때 당신의 목걸이를 비아에게 주시며 "난 이 세

사 춘 맘 과 딸

상에서 널 제일 많이 사랑한단다. 너한테는 내가 있다. 너는 내 전부
야. 네가 나의 최고란다"라고 하셨다. 할머니의 이런 큰 사랑은 비아
를 감정적으로 치유해주고 따뜻하게 위로해주었다. 어렵고 외로운
성장기를 견뎌낼 수 있는 큰 힘이 된 것이다.

살아가면서 나를 믿고 지지해주는 사람, 언제나 내 편인 사람이
단 한 명이라도 있다면 정말 큰 축복일 것이다. 나에게 그런 사람이
있는가? 나는 채린이에게 그런 엄마가 되어줄 수 있을까?

딸, 가출하는 거야?
그럼 이거 할머니 갖다드려~

으… 으응…
이게 아닌데…

슬기로운
안빵생활

중학교 2학년에 올라간 며칠 후, 아이의 담임선생님이 학생들에게 다소 엉뚱한 '문장 만들기'를 시키셨다. 가족에 대한 아이들의 생각을 알아보기 위한 것이었다.

우리 엄마는 공부중이십니다.
우리 아빠는 열심히 돈을 버십니다.
우리 부모님은 서로 사이가 너무 좋으십니다.

학부모 상담일, 담임선생님은 내게 준호의 글을 보여주며 말씀하셨다.

"아빠와 준호는 별문제가 없나요?"
"부부 사이가 좋으신가봐요."

우리 부부는 결혼 15년 동안 고작 두세 번 정도 싸워본 것 같다. 사람은 고쳐 쓰는 게 아니라 골라 쓰는 것이라는 말도 있듯이, 우리 부부는 가능한 서로를 있는 그대로 수용하고 내 식대로 바꾸려 하지 않는다. 책을 많이 읽는 준호 아빠가 유연한 사고를 지녀서인지 우리집은 준호 아빠와 준호가 날이 갈수록 쿵짝이 잘 맞는다. 보통의 사춘기 남자아이들과 보통의 아빠들 사이에는 넘지 못할 언어의 장벽이 존재한다고 하고 남자끼리는 말보다는 몸으로 친해진다는데, 우리집 부자는 말이 통하기 시작하면서부터 급격히 사이가 좋아졌다. 준호 아빠는 보통의 아빠가 아니라 알랭 드 보통급이다. 나보다 더 소통능력자다. 인문학적 소양도 갖췄을뿐더러 남자아이에 대한 이해심도 남다르다. 다른 집의 경우 부자 통일보다 남북 통일이 더 빠를지도 모른다는데, 준호와 준호 아빠는 달랐다. 준호 아빠는 준호의 사춘기를 맞아 아이의 관심사에 관심을 갖기 시작했다. 준호 아빠는 준호뿐 아니라 나에게도 그러했다.

사 춘 맘 과 아 들

"나는 당신이 뭘 궁금해하면 왜 관심을 가지는지 궁금해져! 그게 뭘까, 왜 그것을 좋아할까 덩달아 관심이 생기거든."

사랑하는 가족들의 관심사를 궁금해하는 남자. 사춘기가 오기 2~3년 전부터 준호 아빠는 아들과 취미를 공유하기 시작했다. 첫 시작은 〈스타워즈〉였다. 준호 나이에 보기 시작한 〈스타워즈〉 한 편을 준호에게 보여주고, 준호가 관심을 가지자 전 시리즈를 다운받아서 주말에 준호와 함께 영화를 보기 시작했다. 그 둘은 '스타워즈'라는 공통 화제로 깊게 연결되었다.

강한 유대감은 〈어벤저스〉에서 꽃을 피웠다. 준호는 〈어벤저스〉 시리즈만은 중학생이 되어서도 친구들이 아닌 아빠랑 보았다. 아빠와 〈어벤저스〉를 보는 것은 준호에게 큰 의미로 자리잡은 것이다. 영화 〈어바웃 타임〉에서 보면 아들이 타임슬립을 통해 가장 돌아가고 싶어했던 때는 아버지와 해변가를 걸었던 어린 시절이었다. 준호가 어른이 되어 만약 타임슬립할 수 있다면 아빠와 〈어벤저스〉를 보며 팝콘을 먹던 그 시절로 돌아가고 싶으리라.

이런 준호 아빠에게도 큰 원칙이 있는데 그것은 바로 부자관계보다 부부가 최우선이라는 것이다. 준호 아빠는 준호에게 관심을 갖지만, 언제나 엄마가 먼저라는 것을 내세운다. 이런 것을 준호가 느끼고 있을까 싶어 준호에게 물었다.

"준호야, 아빠와 엄마 둘 중 누가 상대방을 더 많이 사랑하는 것 같아?"
"아빠!"
"왜?"
"딱 뭐라고 말할 수는 없는데 느낌이 그래. 아 맞다, 엄마보다 아빠가
엄마를 더 궁금해하잖아."

궁금해하는 쪽이 더 사랑하는 거라고 준호는 생각하고 있었다. 아
직 사랑을 해본 적도 없는 준호였지만, 궁금해하는 쪽이 더 사랑하는
거라면 분명 나는 준호 아빠보다 준호를 천만 배 더 사랑한다. 준호
는 나의 일과에 대해서 궁금해하지 않지만 나는 준호의 일거수일투
족이 궁금하다. 짝사랑은 늘 하는 쪽이 서운하고 상처를 받는다.

"준호야, 엄마는 너랑 아빠 둘 중에 누구를 더 사랑하는 것 같아?"
"엄마는 날 더 사랑하지!"

준호는 우리집의 역학관계를 정확히 알고 있다. 하지만 나 또한
'준호 먼저'에서 '준호 아빠 먼저'로 바꾸려 노력을 기울이는 중이다.

사 춘 맘 과 아 들

나는 출산 일주일 전에 육아휴직을 냈다. 출산예정일 전에 시부모님과 관악산 초입을 산책하는데 어머님께서 나에게 이런 말을 해주셨다.

"태어났을 때부터 아들을 떠나보내는 연습을 해야 한다. 그게 잘 이루어지지 않으면 너무나 힘들더라고. 이 시에미도 오래전부터 연습했는데도 아들 장가보내고 아주 힘들었다. 커나가면서 서서히 떠나보내는 연습을 해야 해."

아이가 태어나기도 전에 어머님이 해주신 말은 적잖이 충격이었지만 그 말은 내가 준호에 대해 늘상 가지고 있는 중심 철학이 되었다. 하지만 처음부터 '부부 먼저'라는 생각이 잘 실천되지는 않았다. 준호가 너무 예뻤고, 준호가 너무 좋았다. 여느 엄마가 그렇듯 세상이 준호 중심으로 돌아가던 때도 있었다. 아이들이 부모로부터 분리되는 시기가 오듯 부모에게도 아이와 분리되어야 하는 때가 온다.

건강한 분리는 건강한 관계를 낳는다. 우리 부부는 준호가 독립한 이후의 삶을 위해, 준호 하나만을 보고 과몰입되는 삶을 지양하기로 했다. 중학교에 올라가자 준호는 주말에도 수학 학원을 갔다. 보통 수학 학원이 오후 다섯시부터 시작해 열시 정도에 끝나는데 준

사 춘 맘 화

학원 다녀올 테니
좋은 시간 보내라고~

짜, 짜식…
날 닮아 눈치가 빨라.

고맙다고
해야 하나…

호가 없는 이 시간 동안 자연스럽게 우리 부부는 신혼생활을 만끽하게 되었다. 둘이 영화를 본다거나 둘이 저녁을 먹는 시간이 늘었다. 그리고 슬기로운 안빵생활(?)도 하게 되었다. 처음에 아이 없이 둘만 외출하는 것이 어색했다. 둘이 맛있는 것을 먹어도 맛이 없었다. 둘이 등산을 해도 재미가 없었다. 하지만 이것이 한두 주씩 늘어나다보니, 준호가 있을 때 할 수 없었던 것들을 하나둘 하기 시작했다. 어쩌다 준호가 학원을 가지 않고 함께 있는 주말에는 부부 데이트가 없어서 서운하기까지 했다. 부부생활도 연습이 필요하다는 것을 깨닫게 되었다.

사회심리학자 허태균 교수가 〈어쩌다 어른〉이라는 프로그램에 나와서 자기 아내 이야기를 했다. 아이들이 시험을 보는 날 오전에 아내도 시험을 보는 자세로 기도를 한다고. 아이들 시험 보는 동안 오전에 후딱 영화라도 한 편 보고 오자고 해도, 그럴 수 없다며 오직 기도만 한다는 것이었다.

"그 시간에 엄마가 집에서 기도한다고 아이들 시험 성적이 바뀌나요?"

우주의 기운과 천지신명과 모든 신의 가호가 아이의 시험장에 깃들어야 하기에, 종교가 있든 없든 기도하는 마음으로 정갈하게 앉아 기다리는 엄마들의 마음, 나도 이해가 간다. 하지만 엄마가 밖에서 즐거운 시간을 보내고 들어와 기분 좋은 마음으로 집에 돌아와서 아이들의 성적을 듣는다면, 아이가 시험을 설령 잘 보지 못했더라도 좋은 마음으로 아이를 대할 수 있을 것 같기는 하다. 자녀만이 부모에게 건강하게 분리되는 것을 연습할 것이 아니다. 부모도 자녀와 분리하는 것을 연습해야 한다. 준호 아빠와 내가 안방에서 서로 대화를 나누고 웃다보면 준호가 안방에 들어온다.

"무슨 이야기가 그렇게 재미있어?"

말을 시켜도 하지 않던 녀석이 우리 부부가 자연스럽게 대화를 나누면 와서 말을 건다. 우리 부부는 최근 읽었던 책 이야기부터 연예인 이야기, 정치 이야기 등 할 이야기가 너무 많다. 부부의 대화가 아이 이야기 빼고 할 게 없다면, '슬기로운 안빵생활'을 하지 못하고 있다는 뜻이다. 이런 부부는 아이가 자칫 잘못되면 네 탓 내 탓을 하기에 급급하다.

어떤 일이 발생하면 우리 인간은 그 원인에 대해 따지고 추론하는 성향을 보인다. 남 탓하기, 바로 귀인이론Attribution theory이다. 대개는 자존감이 낮은 사람들이 그 원인을 자신에게서 찾지 않고 남의

사 춘 맘 과 아 들

탓으로 떠넘기려 한다.

"다 자기 탓이야."
"애가 저러는 거 다 당신 닮았어!"

학습지 광고 제작을 한 적이 있는데, '공부 못하면 네 탓, 공부 잘하면 내 탓'이라는 컨셉하에 애를 앞에 두고 부모가 서로 탓하며 싸우는 광고를 만들었다. 적어도 나는 애가 못하면 내 탓 같고, 애가 잘하면 아빠 덕 같다. 우리 부부는 서로를 탓하지 않고 아빠는 엄마 칭찬을, 엄마는 아빠 칭찬을 하려 노력한다. 공부에 앞서 아이가 올바른 정서를 갖길 바란다면, 부부관계를 바로잡는 게 제일 우선이다.

슬기로운 안빵생활 수칙
1. 자식보다 부부가 먼저다.
2. 서로 공유할 수 있는 취미를 가져보자(독서, 유튜브 시청 등).
3. 자식에 대해 남 탓하지 말자!
4. 안빵에서 웃음꽃 피면, 아이 방에도 공부꽃 핀다.

사 춘 맘 화

이참에 정말 멋진 캘리그래피로 액자를 만들어 걸어놓아볼까? 예전에는 집집마다 가훈을 걸어놓았는데 생각해보면 참 의미 있는 일이다. 좋은 문장이라도 매일 보지 않으면 잊어버리기 십상이니까 말이다. 부부들이여, 슬기로운 안빵생활이 먼저임을 잊지 말자!

엄마의
가출

회사를 그만두자 내 정체성에 대한 고민이 찾아왔다. 이제 내게
남은 정체성이라고는 '엄마'뿐인 것 같은데, 중학생이 된 딸에게는
엄마의 손길이 필요 없는 시기였다. 지금껏 혼자 잘해왔으니 간섭
하지 말라는 딸과, 손놓고 있기엔 너무 불안한 나. 딸아이와의 밀고
당기는 전쟁으로 심신이 지쳐버렸다.

십 년 전 세례 받고 거의 나가지 않던 성당에 다시 나가기 시작
했다. 일요일 아침 열한시. 남편과 아이는 이 시간을 좋아한다. 내
가 성당에 가면 최소 한 시간은 더 잘 수 있는 여유가 생기기 때문
이다. 회사를 다닐 때도 일요일 이 시간에 성당에 갈 수도 있었지만

그때는 왠지 마음의 여유가 없었던 것 같다. 주말에 내가 친구를 만나거나 외부 약속에 가면 남편이나 채린이는 나에게 천천히 즐기고 오란다. 나의 외출은 둘에게 눈치 안 보고 편안하게 TV를 볼 수 있는 자유시간을 의미하니 그럴 때는 둘 사이에 강력한 동지애가 싹튼다. 난 그들의 자유를 억압하는 공공의 적이다. 자고 있는 딸을 깨워 공부시키려는 내게 남편은 그냥 애를 좀 자게 두란다. TV를 보다가도 채린이가 들어오는 소리가 나면 얼른 전원을 끄는 나와 달리 남편은 딸에게 같이 보자고 권유한다.

남편은 공부에 지쳐 있는 딸아이를 항상 안쓰러워하면서(물론 나도 안쓰럽다). '너무 잘하려고 하지 말고 즐길 수 있는 수준에서만 해라' 식의 무책임한 이야기를 하곤 한다. 물론 나도 공부가 인생의 전부가 아니라는 걸 잘 안다. 하지만 공부에만 몰입해도 따라가기 어려운 동네에 와서 자꾸 이런저런 바람을 불어넣는 것이 바람직한 것인지 솔직히 불안하다. 채린이의 초등학교 6학년 담임선생님이 언젠가 하신 말씀이 생각난다.

"선생님, 전 애가 공부 잘하는 것보다 그냥 행복하고 즐겁게 학교생활하기를 바라요."

"어머니, 저희 학교에서는 공부 잘하는 게 행복한 겁니다. 누구보다 애들이 그걸 잘 알지요."

어느 토요일, 저녁을 다 먹고 부엌 정리를 마치고 나왔다. 당연히 아이가 들어가서 공부하는 줄 알았는데 아빠와 오붓하게 TV를 보고 있었다. 중간고사가 얼마 안 남았는데, 매일 내신 때문에 '스트레스 이빠이데스네' 하며 울상인 애가 지금 TV 앞에 있으니 걱정이 될 수밖에. 참지 못하고 한마디해버렸다. 그러다 대화의 흐름이 엄마가 회사를 안 나가니 너무 간섭이 심해져서 자기가 스트레스 더 받는다는 식으로 흘렀다. 여기에 동조하는 남편의 한마디가 딸아이의 기를 더욱 살리고…… 갑자기 나는 공부만 시키며 대화가 안 통하는 답답한 엄마가 되어버렸다. 화가 났다. 억울하기도 했다. 나도 아직 전업맘으로서 내 모습이 적응 안 되는 상황에서 자식에게 신경쓴다고 최선을 다했건만. 울화가 치밀어 그 자리에 있을 수 없었다. 그래, 나 없이 둘이서 잘 살아봐라 하고 집을 나와버렸다.

엄마한테 가면 괜히 걱정하실 것 같았다. 그렇다고 친구들에게 전화하기도 주말 저녁 좀 늦은 시간이었다. 아이 친구 엄마들을 불러낼 수는 더더욱 없었다. 막상 갈 데가 없어 카페에 앉아 핸드폰만 보고 있었다. 한 시간, 두 시간이 흘렀다. 카페에 혼자 앉아 있는 것도 지루했다. 내가 집을 나갔는지 어쩐지도 모르는지 딸내미나 남편이나 전화 한 통 없다. 젠장, 괜히 나왔나 싶었다. 시간이 지나고 혼자 생각해보니 별것 아닌데 내가 너무 민감하게 반응한 것 같기도 했다. 딸아이는 변한 게 없는데. 그전과 똑같이 행동한 것을 내가 시간이 많아지니 딸의 행동 하나하나가 눈에 거슬렸던 것뿐, 거기에 걱정과 조바심 많은 내 성격이 한몫 더했던 게 아닐까?

시간은 열시가 넘었고 집에 들어는 가야겠는데…… 집 근처 치킨집에 들러 프라이드치킨 한 마리를 시켜 들고 갔다. 잠깐 외출했다가 들어가는 것처럼 최대한 자연스럽게…… "채린아, 치킨 먹자." 현관을 들어서는데 딸아이가 당황한다.

"어, 지금 막 먹기 시작했는데…… 엄마 빨리 와요. 양념치킨 시켰어."

뭐야, 난 밖에서 고민하고 갈등하며 시간을 보냈건만 둘은 아무렇지도 않게 치킨을 시켜 먹고 있다니. 다시 한번 느껴지는 배신감.

"오, 역시 아내밖에 없네, 남편이 프라이드 먹고 싶은 거 어찌 알고 사오셨을까? 채린이가 양념 시키자고 해서 시켰는데 난 프라이드 먹고 싶었거든. 치킨은 역시 프라이드가 최고지."

사 춘 맘 과   딸

남편의 프라이드 사랑 덕에 나의 가출은 잊히고 치킨 두 마리만 열심히 먹었다.

아이를 키우면서 회사 다닐 때는 엄마란 역할에 대해 깊이 생각해볼 겨를이 없었다. 엄마나 아내의 역할보다는 회사에서 직원들을 챙기고 광고주들을 챙기는 데 더 집중했던 것 같다. 잠시 한눈이라도 팔면 바로 문제가 생기고 일이 잘 안 돌아가는 탓에 한시라도 긴장을 늦출 수가 없었다. 회사에 출근한다는 핑계로 난 나의 엄마 역할에 많은 시간을 할애하지 않았다. 물리적으로나 정신적으로 말이다. 그동안 어쩌면 난 직장인으로서는 정규직으로, 엄마로서는 임시직으로 살았던 것 같다. 지금 정규직 엄마가 돼보니 이 일에 얼마나 많은 인내와 지혜와 기술이 필요한지 알 것 같다. 시간이 흐른다고 그냥 엄마가 되는 것이 아니라 그 시간만큼 가슴 아파하고 흔들리고 갈등해야 조금 알 수 있을 것 같은데 난 그동안의 태업을 보충하듯 지금부터 초보 전업맘으로 다시 시작해야 하나보다. 엄마들도 다닐 수 있는 학교가 있으면 좋겠다. 이런 경험과 노하우를 전수해주는 엄마학교 어디 없나?

애 클 때까지
참고 사세요.
산은 산이오…

프로맘!
당신을 찾아 전국을 헤맸습니다.
노하우를 알려주세요!

사
춘
맘
과

아
들

사춘기 아이들과
대화 장소로
어디가 좋을까?

기분에 따라 찾아보게 되는 영화들이 있다. 크리스마스가 다가오면 왠지 설레는 마음에 〈노팅힐〉〈프리티 우먼〉과 〈로맨틱 홀리데이〉를 꼭 보곤 한다. 이런저런 일들로 지칠 때면 〈리틀 포레스트〉를 찾는다. 물론 한국 버전도 있지만, 나는 일본판 〈리틀 포레스트〉를 거짓말 보태서 스무 번 정도 본 것 같다. 위로받고 싶어서, 위로받으면 좋아지고 좋아지면 행복해지니까! 아름다운 일본의 자연과 맛있는 요리들을 보고 있노라면, 눈요기, 입요기, 마음요기가 된다. 대사가 거의 없는 영화인데, 보다보면 나 자신과 대화하게 된다. 대화를 하려면 일단 대화를 하지 말아야 하나? 사춘기 아이들에게도 잔

172   사 춘 맘 화

소리 대신, 엄마가 해준 맛있는 요리로 이야기를 나눠본다거나 공부 이야기 그만 하고 맛집에 가서 배부르게 먹은 뒤 동네를 산책하며 돌아오는 게 어떨까. 시시껄렁한 농담이나 주고받으며.

준호와 우리 부부는 '먹걷기' 동네를 좋아한다. 익선동, 서촌, 가로수길, 먹고 조금 느긋느긋하게 걸을 수 있는 곳! 먹기와 걷기가 동시에 되는 그런 곳! 우리가 어릴 적 골목을 그리워하는 것은 아마 이렇게 걸으면서 자연스레 대화하던 기억 때문일 것이다. 마주 앉아 이야기를 나누면 이상하게도 자꾸 대화가 엇나가버리기에.

집에 오면 헤드폰을 끼고 하루종일 게임만 하는 아이에게 좋은 말이 나가지 않는 것이 문제인데, 그렇다면 아이들과 대화할 만한 장소는 어디가 좋을까? 주로 엄마들은 옴짝달싹하지 못하는 차 안에서 설교를 해댄다. 뒷자리의 아이들은 학원에서 쌓인 피로를 좀 내려놓고 쉬고 싶어하는데…… 엄마는 이게 기회다 싶다. 차 안, 아이들은 피하지 못하는 공간이고 엄마들에게는 최고의 장소다. 하지만 감정의 교류가 어느 정도 이루어진 상태여야 대화가 자연스럽게 이루어지지 갑자기 '오늘부터 이야기해보자, 시작!' 한다면 '어쩌라는 거냐'는 반응이 돌아올 것이다. 그러니 이 대화와 감정은 하루아침에 쌓이는 역사가 아니다. 굳이 비교하자면, 로또가 아니라 적금이다. 그러니 사춘기 이전에 부모와의 라포(rappo, 신뢰를 바탕으로 감정적으로 친근함을 느끼는 인간관계)가 쌓여야 그 적금을 털어 쓰게 되는 것이다.

직구는 안 된다! 들어올 거면 깜빡이를 켜고 좀 기다려야 한다. 부모가 대화하고 싶다고 술술 대화가 되는 게 아니라는 것이다. 일 방통행식 대화는 그저 듣기 싫은 잔소리나 연설이 되어버린다. 아이들의 귀에 대고 끊임없이 1절부터 4절까지 부르는 애국가처럼 지루하기 짝이 없다.

나는 헨리 데이비드 소로의 『월든』이라는 책을 가장 좋아한다. 단 한 권의 책을 꼽으라면 단연 이 책이다. 언제고 몸이 지칠 때면 꺼내 본다. 나에게 『월든』은 작은 숲과 같은 존재다. 눈요기, 입요기, 마음요기가 되는 영화 〈리틀 포레스트〉처럼! 준호에게도 학교와 학원 사이를 오가는 와중에 눈요기 마음요기가 되는 작은 숲이 있어야 하지 않을까?

마크 트웨인은 "설교가 이십 분을 넘기면 죄인도 구원받기를 포기해버린다"라고 했다. 그래, 나도 설교 집어치우고 좋은 공기 마시며 브레인워시나 시켜줘야지! 오히려 답답한 차 안이나 집보다는 잠시 나가 바람을 쐬며 자유롭게 소요하는 장소에서 더 진솔한 대화를 나눌 수 있지 않을까?

사 춘 맘 과 아 들

열과 성을 다하여 처절하게 몸부림치던 모습도 서서히 잦아드는 시기가 올 것이다. 가을 단풍 곱게 말려 코팅해서 어느 책에 꽂아두었던 추억처럼, "아, 그 시절이 좋았지" "그래도 내 품 안에 있을 때가 좋았지" 말할 때가 있으리라.

일요일 오후 날씨가 너무 좋아서 애아빠랑 준호 학원 앞에 마중 나갔다.

"아니 왜 부모님 두 분이 친히 학원 앞까지 오셨나이까?"
"준호야, 남산 가즈아!"
"안 가! 미리 말을 했어야지! 집에 가서 친구들이랑 배그 게임하기로 했다고! 남산 가서 뭐 할 건데? 올라갔다가 다시 내려올 거면 뭐 하려고 올라가?"

괴수의 울부짖음에 큰 호흡을 내쉬며 껄껄껄 웃을 수 있는 것을 보면 나 또한 어느새 프로 사춘맘이 되어가고 있나보다.

"준호야, 너는 걷기 싫으면 벤치에 앉아 있어. 엄마 아빠만 금방 다녀올게! 너는 엄마 핸드폰으로 음악 듣고 있으면 되잖아, 응?"

_____ 사 춘 맘 화

"둘이 걸을 건데 왜 나를 데려가냐고!"

"남산돈가스 먹고 오자! 주말인데 엄마도 밥하기 싫어서."

"배 안 고프다고!"

"지금 네시니까 조금 지나면 배고파."

"미리 말을 했어야지! 이렇게 오 분 전에 알려주는 게 어디 있어!"

그렇다. 준호는 미리 스케줄을 알려주지 않는 것에 예민한 반응을 보였다. 자신만의 생각과 플랜이 있는 나이가 되어버린 것이다.

"사흘 뒤 일요일 저녁은 남산 돈가스가 되겠습니다. 학원 앞으로 모시러 가겠으니 딴 약속은 잡지 마십시오, 아드님!"

이제부터는 이렇게 일일이 보고해야 하나?

"다음부터는 미리 꼭 말할게! 미리 말해주지 못해 미안."

"아…… 알겠어! 대신 삼십 분만 걷고 밥 먹고 바로 오는 거다."

준호가 타협이라는 것을 해주고 있다. 어쩌면 밀물처럼 몰려왔던 사춘기가 썰물처럼 빠져나가는 신호가 아닐까. 발을 구르고 의자를 치고 문 열라고 내린다고 할 줄 알았는데 이게 웬일이지? 거품 빠진 사이다 같은 반응에 웃어야 할지 울어야 할지. 변화는 분명 시작되었다. 하기사 예전 같으면 나도 이렇게 쏘아붙였을 것이다.

"아니 주말에 엄마 아빠랑 산책 가는 게 뭐 그리 큰일이냐? 가족끼리 미리 말하고 알려주는 게 어딨어! 그냥 엄마가 가자면 가는 거지."

예전의 막무가내 통제형 엄마에서 적어도 지금은 준호의 이야기에 경청하고 존중하는 엄마가 되려고 노력하는 중이다. 준호가 우리 부부의 첨부파일처럼 따라오는 인생이 아니라, 하나의 독립적 인간이며 자기만의 인생을 꾸려나가는 존재라는 것을 완벽하게 인정하는 데 2년이라는 세월이 걸린 것 같다.

거듭되는 아이의 '나를 있는 그대로 존중해주세요!'라는 몸부림을 받아들이기 시작했고, 아이의 의견에 귀를 기울이기 시작했다. 너의 의견도 우리 가족의 계획 중 n분의 1로 받아들이겠다는 태도를 보이자, 준호도 변하기 시작했다.

"준호야, 날씨 진짜 좋지 않니? 어머, 강아지 귀엽지?"
"귀엽다!"

사 춘 맘 화

"단풍이 좋아지는 것을 보면 엄마도 나이가 들긴 드나보다."

"원래 많으셨어요 나이~"(팩트 체크 감사)

"너는 벤치에 있어."

"그냥 나도 걸을래! 오래 걸을 건 아니지?"

걷겠다고 따라나선 준호에게 하고 싶은 말은 많았지만, 잡담을 이어갔다. 어쩌면 사춘기 부모와 자녀에게는 대화 주제가 중요한 것이 아니라, 서로의 감정 전달이 더 중요한지도 모르겠다. 엄마인 내가 너를 아주 많이 사랑하고 있고, 응원하고 있다는 느낌만 전달해주면 되는 것인지도. 그날 준호는 우리 부부랑 소소한 수다를 떨며 모처럼의 맑은 가을날을 즐기고 있었다. 날씨도 좋았고, 준호의 웃음은 더 아름다웠다. 행복은 이렇게 별것 아닌데 말이다. 앞서 걸어가는 준호 아빠와 준호의 뒷모습을 바라보며 행복하다고 느꼈다.

대화의 장소라는 것이 딱 정해진 것은 아니겠지만, 좁은 차 안이나 집보다 이렇게 산책을 하고 주변 풍경을 바라보며 소소한 잡담을 나누니 분위기가 달라졌다. 힘들면 한 달에 한 번이라도 어떻게든 짬을 내보자. 지금 우리 사춘기 아이들과 부모에게는 긴 여행보다 짧은 산책이 필요하다. 아이와 부모라는 관계를 떠나, 친구처럼 나란히 걷는 이런 기분. 대화보다 이걸로 족하다. 이걸로 행복하다.

사춘맘과 아들

아이가
학교 간 사이

아침부터 울려대는 광고주의 전화도 없다. 이번 달 빌링billing 상
황을 보고하는 경영회의도 없다. 새로운 콘셉트를 만들고 전략을 생
각해내는 아이디어 회의도 없다. 남편은 회사 출근하고 아이는 학교
간 아침시간. 나 혼자 집에 있다. 이토록 고요하고 평화로운 시간은
처음이다. 출근 준비를 안 해도 되는데 몸은 자연스럽게 일찍 일어
났다. 나에게 주어진 이 시간들이 너무 귀하고 아까워서 낮잠을 자
거나 TV를 볼 수 없었다. 뭘 해야 될지 아직 모르겠지만 알차게 써
야 할 것 같은 중압감이 있었다. 쇼핑도 하고 운동도 하고 책도 읽
고. 대학 졸업 이후 쉬지 않고 계속 회사를 다녔기에 이렇게 평일 대

낮에 내 마음대로 쓸 수 있는 시간이 주어진 것이 처음엔 낯설고 어색했다. 그동안 잘 못 만났던 친구들과 약속을 잡아 낮에 극장에서 영화를 보기도 했다. 서점에 가서 최근 베스트셀러들도 들춰보고 백화점 쇼핑도 하고, 모든 게 주중 낮 시간에 하니 너무 한가롭고 여유가 있었다. 신세계를 맛보는 기분이랄까?

대충 집안일을 정리하고 아이 친구 엄마들과의 브런치 모임을 가기 위해 준비한다. 아이 초등학교 때부터 만나왔던 엄마들 모임이다. 그동안 난 직장맘이라 브런치 모임에 자주 참석할 수 없었다. 가끔 점심시간을 이용해서 잠깐 참석하는 성의를 보이긴 했지만 항상 바쁘게 그 자리를 떠나 회사로 복귀해야 했다. 내가 회사를 그만두고 처음 참석한 오늘 모임에서 엄마들은 내가 드디어 시간에 구애받지 않는 자유로운 몸이 된 것을 축하해주었다. 하지만 몇몇 엄마들은 그동안 힘들게 쌓아온 경력이 아까워서 어쩌느냐며 안타까워하기도 했다. 꼭 경제적인 보상 때문이 아니라도 자기 일을 가지고 있는 게 훨씬 좋다고도 하고 힘들게 나가서 일하는 것보다 가족을 위해 시간을 쓰는 게 더 의미가 있다고도 했다. 결혼하고 일을 그만둔 게 지금 와서는 후회된다고 하는 엄마도 있고 한편으론 경제적인 이유 때문에 남편이 나에게 일을 강요한다면 너무 싫을 것 같다고도

사 춘 맘 과 딸

했다. 그날 대화는 자연스럽게 '여자와 일'이 되어버렸다. 모두 딸을 가진 엄마들이다보니 자신뿐 아니라 딸들의 가까운 미래에 대한 여러 가지 복합적인 생각들이 끝없는 수다를 만들어냈다. 대학 졸업 후 일을 시작했을 때 난 마흔이 되면 은퇴하고 멋진 여생을 살 거라 생각했다. 그 당시에 마흔이라는 나이는 꽤 어른의 느낌이었다. 하지만 일을 하다보니 어느새 마흔 중반이 훌쩍 넘은 나를 발견하게 되었다. 언제까지 일을 하고 회사를 다니는 것이 적당한 것일까? 이 시점에 그만둔 것이 잘한 선택인 걸까?

회사를 그만두고 처음 일 년은 의뢰가 들어오는 몇몇 일들 중심으로 프리랜서 비슷하게 활동했다. 돈의 액수와 상관없이 그동안의 관계를 생각해서 또는 매우 급하게 진행되어야 하는 일이라는 이유로 조금씩 도와주기도 했다. 회사 다니면서 시작한 야간 대학원도 일주일에 두 번 가야 했다. 딸아이를 위해 저녁을 차려놓고 가야 하니 이날은 조금 바삐 움직여야 했다. 회사 일 때문에 대학원을 야간으로 선택했는데 회사를 그만뒀는데도 저녁에 딸아이를 챙겨줄 수 없는 상황이 조금 미안해서 한 과목은 주간에 진행되는 수업을 들었다. 대학을 졸업하고 바로 대학원으로 진학한 젊은 학생들과 공부하는 것이 힘들긴 했지만 새롭고 신선한 느낌이었다. 가끔씩 대학원이 지금 내 상황에 맞는 것인가, 하는 의문이 들기도 했다. 하지만 어딘가에 적을 두고 있는 것도 좋았고, 오랜만에 얻게 된 학생 신분을 굳이 포기할 필요는 없다고 생각했다. 일 년만 더 다니면 졸업이니 마무리를 하고 싶기도 했다.

아침 점심 저녁, 아이에게 뭘 해 먹일지 생각하는 시간들이 점점 더 많아졌다. 그렇다고 부엌에서 뭔가 만들고 준비하는 것이 익숙해지지도 않았다. 책을 읽으려 해도 집중이 잘 안 되고 잡념이 떠올랐다. 나를 위한 시간은 자꾸 뒷전으로 밀리고 채린이의 학원이나 학교 성적, 친구 문제 등등에 더 시간을 할애하게 되었다. 사춘기에 접어든 채린이의 감정과 기분에 따라 나의 하루도 천당과 지옥을 오고 갔다. 회사에 있었으면 보지 못하고 몰랐을 법한 일들이 나의 머릿속을 가득 채웠다. 그렇다고 내가 채린이 대신 공부를 해줄 수도 없고 친구와의 문제를 풀어줄 수도 없다는 것을 잘 알지만 온통 신경이 채린이에게 쏠리고 있다. 아이와 관련해서는 이성적인 판단과 전략적인 아이디어가 전혀 효과를 내지 못했다. 나에겐 주부도 엄마도 다 안 맞는 옷인가? 광고 마케팅 분야에서 일한 시간과 경험이 회사 밖에서는 하나도 도움이 안 되는 것 같아 좀 허탈했다. 딸아이가 사춘기의 파도를 넘고 있을 때 나도 인생 제2의 성장기 앞에서

사 춘 맘 과   딸

흔들리고 있다. 어떻게 사는 것이 잘 사는 것일까? 채린이가 학교 간 사이 난 '잃어버린 나'를 찾아서 방황하고 있다.

오늘을
기억해

엄마라는 직업은 스페셜리스트보다 제너럴리스트에 가깝다. 광고 카피라이터로 스페셜리스트의 덕목을 우선 갖추려 노력했던 나에게 엄마라는 직업은 모든 면에서 일정 수준을 두루두루 잘하는 제너럴리스트가 되어야 한다는 뜻이었다. 요리도 잘해야 하고, 교과과정 정보도 빠삭하게 알아야 하고!

살림과 육아가 적성에 맞는다는 친구가 있는데, 그 친구 앞에서 나는 너무나 작아진다. 그녀는 결혼을 일찍 해서 전업주부로 지내왔는데, 주부라기보다는 전문 교육 컨설턴트에 가깝다. 물론 요리도 엄청 잘한다. 그런 친구와 비교하면 나의 성적표는 F다.

호호호…
아들, 오늘 학원 빼준 것 꼭 기억해!

하루에 한 번씩 그러면
어째 다 기억하란 말이야.

"엄마는 날 내버려두질 못해!"

　준호가 비수를 꽂는 말을 내뱉는다. 주말 내내 정말 얼마나 잘해 줬는데! 게임하라고 컴퓨터 책상에 컴퓨터 보드도 새로 갈아주고! 그런데 그깟 공부 계획표 짜보라는 게 그리 잘못된 말인가? 그러다 결국 아이를 믿고 내버려두지 않는 엄마라는 소리까지 듣고야 만 것 이다. 광고 카피라이터로서 노하우는 있지만 엄마로서의 노하우는 바닥 수준이니 나 또한 내가 한심하기 그지없다. 그래도 열받기는 했다. 그동안 잘해준 것은 순삭(순간삭제)되다니!

　언니에게 전화를 걸었다. 셋째 조카의 사춘기를 맞고 있는 큰언니 는 거의 '사춘기 전문 엄마'인 셈이다. 그녀는 몸소 경험한 많은 꿀팁 들을 나에게 알려주고 있는데, 한마디로 말하면 사춘기 아이들은 '정 상이 아니다'라고 생각하면 된다고 한다. 호르몬 변화로 몸과 마음이 요동치니 우리의 상식과 아이의 상식은 다를 수 있는데, 우리가 자 꾸 우리의 상식으로 대화를 하려다보니 아이를 이해하기 어려운 거 라고. 아이들은 몸이 자라면서 정신도 성장한 줄 스스로 착각하지만, 아직도 가슴에는 '어린아이'가 들어 있다는 것이다. 언니는 첫째 조카 때 너무 서툴러서 많이 힘들었다고 한다. 유난히 혹독한 사춘기를 겪 었던 조카는 사춘기 때문에 정신과 상담도 여러 번 받았고, 심지어 부

　　　　　　　　　사 춘 맘 화

모에게 심한 욕도 하고, 학교를 간다며 집에서 나갔는데 가지 않은 적도 있었다고 한다. 미국에서 박사학위를 하면서 세 자녀를 키운 큰언니 부부는 첫째 조카가 사춘기에 접어들었을 때 한국으로 돌아오다보니 갈등이 더욱 심해졌다.

"사춘기 아이들은 제각각 사춘기 트러블이 있어. 가령 성적 문제가 아니라면 옷을 사달라고 한다거나 음식이 마음에 안 든다고 투정을 부린다거나 이성교제를 요란하게 한다거나 그냥 한번 쓱 쳐다볼 뿐인데 왜 나를 째려보느냐고 묻는다거나⋯⋯"

내내 잘해줘도 한번 서운하게 하면 폭발한다는 것이다.

"미국에서 국내선 비행기를 탔을 때, 비행기가 도착 시간보다 이십 분먼저 도착한 적이 있었어. 기내 방송에서 '손님 여러분, 오늘 우리 비행기가 이십 분 먼저 도착했습니다. 저희 비행기가 연착을 하거나 조금 늦게 도착했을 때 오늘을 잊지 말고 꼭 기억해주십시오' 하고 부탁하더라. 우리네 엄마들도 이 항공사처럼 아이들에게 좋은 추억을 많이 만들어주고, 나중에 혹시 서로 갈등을 빚는 일이 생기더라도 그때의 기억을 떠올리며 잘 넘어가는 게 필요해."

사 춘 맘 과 아 들

우리는 잘해준 것은 쉽게 잊고 서운한 기억에 민감하다. 방으로 들어가 누워 있던 준호를 다시 일으켜 세웠다.

"그래, 학원 가지 마!"
"웬일이야, 엄마가?"
"오늘을 기억해! 엄마에게 서운하거나 기분 나쁠 때 엄마가 네 마음에 쏙 들던 오늘을 기억해줘."

아이는 눈을 동그랗게 뜨더니 그냥 고개만 살짝 끄덕인다. 그리고 며칠 후.

"준호야, 차 안에서 엄마 노트북 좀 가져다줄 수 있어?"

노트북을 가져다주면서 준호 왈,

"엄마, 오늘을 꼭 기억해! 내가 나중에 잘못해도 오늘을 기억해줘."

어린애 앞에서는 찬물도 못 마신다는 말이 이거구나.

엄마,
오늘을 꼭 기억해!

사
춘
맘
과

딸

공모자들

오늘 아침도 언제나 그렇듯 딸내미를 침대 밖으로 끌어내기까지
끝없이 실랑이가 이어진다.

"일어나자. 학교 가야지!"
"십 분만…… 일 분만……"

두 번, 세 번까지는 그래도 비슷한 톤을 유지하다가 마지막 종을
울려야 할 때,

"너! 안 가니? 지각이야 지각!"

결국 짜증이 섞인 하이톤의 목소리를 듣고서야 딸아이는 부랴부랴 일어나 욕실로 간다. 알람을 맞춰놓고 스스로 일어나라고 수백 번 말했건만 채린이는 그 어떤 알람보다 강력한 엄마표 알람에 의존한다. 나 또한 학창 시절 아침에 일어나는 것을 무척 힘들어했고 단 오 분만이라도 더 자기 위해 수많은 변명과 구실을 만들어냈던 것 같다. 늦어서 아침밥을 안 먹겠다는 나와 한 숟갈이라도 먹이겠다는 엄마, 항상 아침은 조용한 날이 없었는데…… 지금 딸과 내 모습이 비슷하다. 오늘은 채린이가 욕실에서 세수하다 말고 갑자기 다시 나와 침대에 눕는다.

"엄마, 나 머리가 너무 아파, 이상해. 학교 못 갈 거 같아. 담임한테 문자 좀 해줘요. 병원 갔다 간다고."

갑자기 왜 머리가 아픈 거지? 순간 나의 뇌리를 스치고 지나가는 여러 가지 원인. 어제 모기향을 두 개 틀어놔서 그런가? 엊그제 모기 때문에 한숨도 못 잤다고 하길래 하나 더 꽂아두었더니 그 향이 너무 강했나? 스트레스가 너무 많아서 그런가? 감기몸살인가? 침대에 누워 두통으로 괴로운 건지, 아니면 잠시나마 누워 잘 시간을 벌어 행복한 건지 애매한 표정이다. 이마를 만져본다. 열은 없는 것 같은데.

'안녕하세요, 선생님. 채린이 엄마입니다. 채린이가 감기인지 열이 좀 있어서 병원에 갔다 학교에 가야 할 듯합니다. 죄송합니다. 가능한 빨리 보내겠습니다.'

다행히 바로 담임선생님의 답장이 온다.

'네 어머니, 잘 알겠습니다. 병원 처방전도 같이 보내주세요.'

평소보다 한 시간은 더 잠을 잔 딸내미. 병원에 가자고 깨우니 머리가 좀 나아졌단다. 뭐지, 이건? 한 시간 단잠이 아픈 것도 없애주나? 역시 잠이 보약인가? 나아졌다니 다행이지만 그래도 병원은 가야 한다. 병원 기록을 가져오라는 선생님의 말씀. 이것이 있어야 생활기록부에 질병 지각으로 처리가 된다. 아니면 무단지각으로 상급 학교 진학시 불이익을 받는다. 집 앞 내과로 가니 앞에 두 사람이 순서를 기다리고 있다. 예상보다 늦어질 듯하다.

"오늘 어디가 불편해서 왔죠?"

"머리가 아파서요. 지금은 괜찮은 것 같기도 하고."

"열은 없어요?"

"목은 괜찮나?"

"춥고 떨리지는 않아요? 설사는 안 하고?"

보통 때는 설명도 꼼꼼히 잘해주시고 친절하다고 느꼈던 의사 선생님이건만 오늘은 너무 길다. 3교시는 깐깐한 과학 선생님 시간이라 2교시 끝나기 전에는 교실에 들어가야 한다는데. 마음이 급한 딸아이의 표정이 점점 어두워진다. 나와 채린이는 인내심을 갖고 의사 선생님의 처방만 기다린다.

"요즘 미세먼지도 많고 환절기라 목이랑 머리가 아픈 사람들이 많이 와요. 두통약 처방해줄게요."

얼른 처방전을 받아 주차장으로 간다. 약을 살 시간이 없다.

"엄마, 나 지금은 괜찮아. 약 안 먹어도 될 것 같아. 더 아프면 그때 다시 병원에 올게. 그냥 학교로 가자."

작전명 '두통에 감기' 잊지 마.
자, 이건 처방전.

응, 실수 없이 실행할 테니
걱정하지 마.

학교 가야 한다는 생각에 아픈 느낌도 없어진 건지…… 늦잠을 위해 몸이 잠깐 아팠던 건지. 난 일단 서둘러 운전한다.

"병원 처방전 담임샘한테 먼저 드리고 교실로 가."

뒷좌석에 앉아 내 뒤통수를 쳐다보며 딸이 한다는 말.

"엄마도 참 힘들다 그치? 늦잠 자는 딸내미 깨우랴, 아프다고 걱정하면서 병원 데리고 가랴, 우리는 한 팀이네 그치?"

'그렇지, 엄마는 언제나 딸내미와 한 팀이어야 하지. 담임선생님은 이런 사정을 모르시겠니? 다 비슷한 변명을 늘어놓는 엄마들의 문자를 받겠지.' 딸의 한 시간 단잠을 위해 우리는 오늘 공모자가 됐다. 과연 그 공모자들의 유대관계가 얼마나 갈지?

사 춘 맘 과 딸

외동아들 준호의
변화

　준호는 외동아들이다. 프롤로그에서도 이야기했지만, 준호가 초
등학교 들어가고 나서 조금 여유가 생기자 둘째 아이를 갖고 싶다는
생각이 들었다. 하지만 야근을 밥먹듯이 하는 회사 업무 특성상 한
명의 아이를 건사하기도 버거운 게 사실이었다.

　"우리 둘째 가질까?"

　"이 나이에?"

　"나이가 어때서?"

　"나는 이제야 숨도 쉴 만하고 지금이 딱 좋은데?"

남편은 원하지 않았고 나는 원했다. 여러 번의 회유 끝에 둘째를 갖기로 했고, 작전을 수립하자 아이가 생겼다. 마흔이 넘어서 애가 안 생긴다는 둥 하는 소리는 다 '케바케'구나, 내심 나는 역시 마음먹은 대로 다 된다는 자만심을 가졌고 여러 사람들의 대대적 축하 인사를 받았다.

"늦둥이 진짜 축하해!"

하지만 기쁨도 잠시, 임신 10주가 되도록 입덧이 없는 것이 좀 이상하기도 하고 때마침 약간의 차량 접촉사고가 있던 터라 산부인과를 찾아갔다. 일요일이라 원래 다니던 곳이 아닌 응급으로 갈 수 있는 곳을 찾았는데 초음파를 보시던 당직 선생님께서 고개를 갸우뚱하시더니, 내일 원래 다니던 산부인과를 찾아가보라고 했다. 심장이 뛸 때가 되었는데 심장 소리가 나질 않는다는 것이었다.
한 번이 아니었다. 나는 그후 두 번 연속 계류유산을 하게 되었다. 삼 년 동안 세 번의 연이은 유산…… 습관성 유산이었다. 집에서 하루이틀 쉬고 다시 회사로 출근했다. 미역국을 먹고 있던 나에게 준호는 "엄마가 무리하니까 동생이 죽었잖아!"라고 툭 던지듯 말했다. 아이가 생각 없이 뱉은 말이라고는 하지만 상처가 되었다. 그 무렵

사 춘 맘 과 아 들

준호는 동생도 갖고 싶고 강아지도 키우고 싶다고 졸라댔다. 한 번도 반려견을 키워본 적이 없던 나는 좀 두려웠다. 그러던 중, 후배가 며칠 여행을 간다고 나에게 강아지를 좀 봐줄 수 있냐고 물었다.

"준호야, 애는 코코야."
"엄마, 너무 커서 좀 무서워."

코코는 후배의 반려견인데 웰시코기종이다. 혼자 사는 후배가 지방에 갈 일이 있어 나에게 2박 3일간 반려견을 맡아줄 수 있느냐고 했을 때, 게임하느라 종일 움직이지도 않는 준호에게 산책이라도 좀 시킬 양으로 그런다고 했다. 그런데 똥오줌을 아직 잘 못 가리는지라 집에 오자마자 거실에다가 한바탕 똥파티를 벌였다.

사춘기는 사춘긴 모양이다. 강아지를 키우고 싶다던 아이는 막상 코코를 데려왔는데도 똥을 싸는 녀석 근처에 오지도 않았다. 하지만 코코가 게임을 하는 준호 옆에서 알짱대자, 준호가 관심을 보이더니 급기야 준호와 코코만 남겨놓고 외출하고 돌아온 우리 부부는 눈을 의심했다. 외동이라 누구를 돌보는 모습을 보여준 적 없던 준호였다. 그런 아이가 다정한 눈빛으로 코코를 쓰다듬고 있었다. 최근에 나에게는 단 한 번도 보여주지 않던 따뜻한 눈빛이었다. 준호랑 산책이라도 가려면 정말 얼마나 애원과 협박을 해야 하는가?
그런데 코코와 산책을, 그것도 주말 아침에 일찍 일어나서 다녀오는
준호라니! 토요일 아침 아홉시는 준호에게 새벽 다섯시나 마찬가지
일 텐데.

"준호야! 코코 산책시켜야지!"

벌떡 일어나는 준호. 코코와 놀면서 많이 웃어서 그런가, 웃음에
항상성이 맞춰져서인지 나에게도 내내 웃어주었다. 코코 덕분에 아
들의 웃는 얼굴을 보게 되어 나도 기분이 좋았다. 그후로도 몇 번 준
호가 코코를 보고 싶어하면 데려왔고, 그때마다 준호는 하던 게임을
멈추고 코코가 놀아달라고 하면 놀아주었다.

"코코야, 형아 힘들어."

그러면서도 코코와 계속 놀아주는 준호를 보면서 준호에게 동생
이 있었다면 준호가 좀더 어른스러웠을까, 하는 부질없는 생각도 해
보았다. 사춘기 소년들에게 반려견은 여러모로 도움이 되는 것 같
다. 이참에 코코를 아예 우리집에 입양할까 고민도 해봤다. 하지만

변화를 긍정적으로
받아들이자…

우오오오오오!
힘이 넘친다!
코코야, 산책 갈까?

이놈,
위험해…

슬금
슬금

인간이든 동물이든 함께 살고 키우는 데는 단순히 사랑하는 것과는 별개로 책임과 의무가 따르기에 더 고민해보기로 했다. 그래도 반려견 덕분에 주말에 산책도 나가고, 거실에서 게임이 아닌 다른 모습도 보이고 이런 준호의 모습은 일 년 사이에 처음 보는 듯하다.

준호가 어딘가에 잘 적응하지 못하면 '외동이라 그런가?' 하는 시선으로 바라보는 사람들이 더러 있었다. 세상의 시선이 그렇다 한들 뭐 어쩌겠는가? 그게 내 아이의 모습인데! 혹여 준호가 아이들과 잘 못 어울리면, 외동이라 그런가 싶어서 형제를 만들어주지 못한 것이 내내 속상하고, 준호가 가여웠다. 늦둥이를 가지려고 했지만 마음처럼 되지 않았다. 그게 내내 미안했지만 이제 그럴 필요 없다는 생각이 든다. 이것이 준호 인생이고 준호 앞에 놓인 길이니까. 아이는 점차 자신만의 색깔로 세상을 향해 내딛고 있는 중이다.

"귀찮아! 회장이 얼마나 할 일이 많은지 알아?"

초등학교 때부터 임원 선거 한번 나가보라는데도 이 핑계 저 핑계를 대고 나가질 않았다. 준호 스스로도 친구들이 자기를 뽑아주지 않을 것을 알고 있었는지도 모르겠다. 초등학교 졸업하기 전까지 한번은 회장 선거에 나가보겠다더니, 결국 6학년 2학기 때 마지못해

사 춘 맘 과 아 들

나갔다. 그 결과는 참담했다.

"0표? 진짜 빵 표?"
"엄마! 나는 나라도 나를 찍지 않아서 덜 쪽팔리는데, 상훈이는 자기가 자기 찍어서 한 표 나왔어! 헤헤헤."

초딩다운 위로였다. 그렇게 고배를 마시고 중학교에 들어간 후 나간 첫번째 임원 선거에서 무려 네 표를 획득했다! 우리는 축배를 들었다. 무려 네 표라니. 1학년 2학기 때는 여덟 표! 엄청난 발전이었다. 무엇보다도 회장 선거에 꾸준히 나가는 것이 기특했다. 하지만 연거푸 세 번을 미끄러지더니 2학년 1학기가 돼서는 회장 선거에 출마하지 않았다.

"담임쌤이 봉사 안 하고 나댈 애들은 나오지 말라잖아!"

나도 그만하면 경험도 될 만큼 되고 좋았다 싶어서, 더이상 이야기하지 않았다. 그래도 엄마가 집에 있으니 여러모로 안정감을 찾았는지, 중학교에 들어가서는 초등학교 때에 비해 친구도 많이 생기고 잘 지내는 것 같아 다행이었다.

"엄마! 나 스물세 표로 당선되었습니다~!"

2학년 2학기 회장 선거에 당당히 스물세 표를 얻어 당선된 준호는 스스로의 성과에 나름 자신감이 생겼는지 들떠 이야기했다. 1학기 내내 지각의 문턱에서 천당과 지옥을 왔다갔다하더니 2학기에 반장에 당선된 후, 회장단이 모범을 보여야 한다는 담임선생님의 말씀이 나름 통했는지 현저하게 등교 시간이 앞당겨졌다. 더디게 성장하지만 준호는 분명 한 뼘씩 자라나고 있다. 도전으로 이룬 이 경험을 영원히 잊지 않고 다른 일을 할 때도 기억했으면 좋겠다.

자기밖에 모른다.
참을성이 없다.
배려심이 없다.

외동에 대한 많은 편견들이 존재한다. 하지만 살아가며 성취해낸 여러 경험으로 그 편견을 넘어섰으면 좋겠다.

"뭐 어쩌라고. 나는 이준호! 나는 나야! "

사 춘 맘 과   아 들

무섭게 찾아왔던 중학교 사춘기의 서막, 강 약 중강 약을 반복하다가 어느 사이 아이의 눈빛에 온기가 찾아오고 히죽히죽 웃던 '예전 아들'의 얼굴이 간간이 보이기 시작하면, 곧 요란했던 사춘기 그 대단원의 막이 내려갈 것이다.

　　"왜 이제 왔어?"
　　"애들이랑 아파트에서 탁구 치다 왔어!"
　　"오, 탁구 재미있어?
　　"개꿀!"
　　"게임보다?"
　　"둘 다!"

　　하교가 늦어지자 어디 PC방에라도 들르나 했는데, 탁구를 치다 왔다고 하니 안심이 되었다.

　　"엄마 나 요즘 운동이 재밌다?"
　　"무슨 운동?"
　　"탁구도 재미있고, 농구도 재미있고!"

　　　　　　사 춘 말 화

게임만 하던 아이에게 나가서 운동 좀 하라고 외치던 게 불과 일 년 전이었는데 요즘 운동이 재미있다는 얘기가 나오다니 정말 다 때가 있는 모양이다. 답을 주는 것이 아니라 때를 기다리는 것, 그게 부모의 역할인 모양이다. 물론 '사춘기 끝난 줄 알았지? 메롱!' 하고 휴지기를 가졌다가 다시 불쑥 찾아오기도 하지만 고집 부리는 횟수가 줄고, 화도 금방 풀리기 시작한다.

"언제부터 애가 이전 모습으로 다시 돌아오던가요?"라고 물어본다면 '예전의 내 아가'로 돌아오기를 기대하지 않는 용기가 생길 때부터라고 말해주고 싶다.

엄마는
이채린이 아니잖아

중3이 되니 학기 초부터 학교나 엄마들이나 모두 바쁘다. 고등학교 진학을 위한 설명회부터 생활기록부 요건 유의사항 등 꼼꼼히 챙겨야 할 것들이 많아졌다. 특목고를 준비하는 아이들에게는 1차 합격의 당락을 결정하는 자기소개서(이하 자소서) 또한 매우 중요하다. 물론 학교 내신 성적은 기본으로 합격선에 들어와 있어야 한다. 여기에 함께 제출하는 자소서는 1차 서류심사뿐 아니라 2, 3차 면접에서 활용되는 자료가 되므로 심혈을 기울여 준비해야 한다. 채린이가 목표로 하는 학교도 2차에서 자소서를 기본으로 면접이 진행되므로 여름방학 때부터 어느 정도 준비가 되어 있어야 한다고 했다. 11월에 서류를 접수하는데 여름방학 때부터 자소서를 준비하는 건 좀 이른 게 아닌가 생각했지만 학원들에서는 전혀 빠른 것이 아님을 강조하며 홍보 문자를 보내왔다.

"미리 준비한다고 나쁠 건 없지. 그래도 전문가가 좀 가이드라인을 주고 봐주는 게 좋겠지?"

방학 동안 주 1회씩 총 네 번 진행되는 자소서 특강반을 신청했다. 채린이도 처음 준비하는 서류이니 한번 들어보겠다 했다. 나름 책 읽는 것도 좋아하고 생각도 많이 하는 편이니 자소서 준비하는데 큰 문제는 없으리라 생각했다. 학원에서 어떤 식으로 대비해주는지 별 신경쓰지 않았다. 자기가 그냥 알아서 준비하겠다는 채린이의 말을 전적으로 믿었다. 2학기가 되고 내신 성적에 모든 신경을 쓰면서 시간은 빠르게 지나갔다. 서류 접수 일주일 전.

"자소서는 다 된 거야? 엄마한테는 언제 보여줄 거야?"
"거의 다 썼어. 계속 수정하고 있어. 내일 보여줄게."

그동안 시간이 충분했는데 접수 마감 일주일 전에도 수정중이라

사춘맘과 딸

는 딸의 말에 걱정이 되었다. 워낙 내신 경쟁이 심해서 그거 신경쓰
느라 바쁜 건 알지만 자소서도 여러 번 수정해야 한다는 이야기를
들은지라 물리적인 시간이 별로 남지 않았다는 걸 상기시켜야 할 듯
했다.

"완성된 거 아니라도 일단 엄마 보여줘봐. 중요하니까 잘 써야지. 엄
마 회사에서 신입사원 뽑을 때 자소서 많이 받아봤잖아."

반강제적으로 지금까지 준비한 자소서를 보았다. 내가 기대를 너
무 많이 한 걸까? 학원에서 특강까지 들었는데 그 선생님은 뭘 잡아
준 거지? 이해가 안 갔다. 그동안 들인 시간과 돈을 생각하면…… 얼
마 남지 않은 시간에 이걸 어떻게 다시 쓰나? 하는 걱정과 불안이
몰려왔다. 뭘 말하고자 하는지 주제도 희미할뿐더러 콘셉트가 안 잡
혀 있었다. 그냥 일반적인 자소서의 모양을 흉내냈을 뿐 채린이의
색깔이 묻어나지 않았다. 왜 이 고등학교를 지원했는지, 어떤 강점
이 있는지, 무엇을 공부하고 싶은지 명확하게 보이는 게 없었다. 딸
에게 좋은 말이 나갈 리 없었다.

"네가 면접관이라면 이 소개서 보고 너를 잘 알 수 있겠니? 우리 학교

IDEA
BANK

에서 공부하면 좋겠다 하는 생각이 들겠어?"

엄마의 심상찮은 분위기를 간파한 채린이. 자기도 생각만큼 잘 써지지 않았는데 엄마의 지적질에 자존심이 상한 듯했다.

"그래서 내가 아직 완성된 거 아니라고 했잖아. 그리고 학원 선생님은 괜찮다고 했어. 엄마는 전문가도 아니면서 뭘 그래?"

성질을 내며 억울하다는 듯 눈물을 흘린다. 아, 또 운다.

"아니, 엄마는 우리 딸이 지금 쓴 것보다는 더 많은 걸 갖고 있는 훌륭한 사람인데 그걸 충분히 담지 못한 것 같으니까 속상해서 그러지. 엄마가 콘셉트 잡는 거 전문이잖아, 좀 도와줄까?"

흥분한 딸을 달래며 분위기 반전을 위해 엄마의 속 깊은 의도를 어필해본다. 내용보다 형식이 중요할 때가 있는데, 사춘기 딸내미 앞에서는 특히 표현의 형식에 신경써야 하는 것을. 나의 급한 성격과 직설적인 화법이 꼭 화를 부른다.

딸아이 방에서 나와 급한 마음에 자소서 아이디어를 정리해봤다. 채린이는 중학교 1학년 때부터 가고 싶은 고등학교를 정했고 나름 거기에 맞는 동아리활동 등도 많이 해둔 상황이라 쓸 거리는 충분하다. 아니 오히려 어떤 부분을 핵심적으로 녹여넣을지 취사 선택을 해야 한다. 그 어떤 선생님보다 엄마인 내가 훨씬 더 우리 딸을 잘 아는데 왜 학원에 보냈을까? 그냥 채린이더러 쓸 시간을 충분히 주고 내가 봐주는 것이 더 효율적이었을 텐데 하는 후회가 들었다. 아이가 쓴 내용을 바탕으로 첨삭할 부분을 표시했다. 제한된 글자 수로 자신을 정리해서 표현한다는 것이 쉬운 게 아니다. 딸에게 "콘셉트가 있어야 한다, 너만의 색깔이 있어야 한다" 했지만 이게 참 어렵다. 그동안 학원에서 받은 다른 아이들의 자소서 샘플들을 다시 읽어봤다. 아무리 생각해도 중3이 쓴 수준을 넘어서는데…… 합격한 자소서라니 무시할 수도 없었다. 이런 샘플들을 보면 거의 하버드대 갈 실력의 아이들 같았다. 연구주제를 정해서 소논문 수준의 리포트를 쓰는 지적 호기심은 기본이고 봉사활동과 동아리활동도 없는 시간을 쪼개 많이도 했다. 채린이는 이런 수준은 아니다. 너무 과하지 않으면서도 신선한 소재가 될 만한 것들을 생각해봤다.

가을 체육대회 때 학급별 댄스 경연이 있었다. 서른 명의 아이들이 시간을 정해 모여서 연습하는 것은 쉬운 일이 아니었다. 결국 세 조로 나누어 다른 시간에 연습을 해야 했는데 그때 채린이는 세 조

사 춘 맘 과   딸

연습 시간에 모두 참석했다. 물론 학급 반장이라는 책임감 때문이기도 했지만 기본적으로 인성이 바르고 친구들에 대한 배려가 깊어서였다고 생각한다. 이렇게 내가 생각하는 채린이의 주요 이벤트들을 더듬어가며 각 항복별로 만든 아이디어 리스트를 딸에게 건넸다. 그날 밤은 그렇게 조용히 지나갔다.

다음날 저녁, 다시 자소서 작성의 시간. 난 조심스레 물었다.

"어제 좀 수정했니? 엄마가 뭐 더 도와줄 거 없어?"

가방에서 주섬주섬 종이를 꺼내 내게 주고 자기 방으로 들어간다. 어제 본 내용보다 훨씬 좋아졌다. 뭔가 채린이의 색깔이 조금씩 보이는 듯했다. 근데 어제 내가 정리해준 아이디어는 없었고, 대신 채린이의 새로운 생각이 정리되어 있었다. 내 아이디어를 가져다 쓰는 것은 채린이의 자존심이 허락하지 않았나보다. 물론 아직 부족한 것이 보였다. 하지만 이 시점에 다시 지적질을 할 수는 없었다. 지금은 좋은 때가 아니었다. 몇 달 전에 학원 다니며 준비한 것보다 어제 몇 시간 만에 채린이가 새로 쓴 내용이 훨씬 더 좋았다. 더 채린이다웠다. 마음 먹고 쓰면 잘 쓰는 것을 왜 처음부터 집중해서 만들어내지 못했을까? 좀 안타까웠다. 한바탕 엄마와의 신경전을 거치고 나서야 좋아지는 까닭은 뭔지⋯⋯ 암튼 자극을 받아 내용이 더 좋아져서 그나마 다행이었다. 남은 시간 동안 하루에 한 번씩 업데이트를 하면 좋은 결과물을 만들 수 있으리라.

아이 방에 들어가 침대에 자리를 잡고 눕는다. 조금은 격려의 말을 해주고 싶었다. 잘 썼다고 칭찬의 말도 해주고 싶었다. 내신 등급 경쟁, 서류 준비, 자소서 등 이것저것 챙겨야 하는 긴장과 스트레스 덕에 딸의 얼굴은 반쪽이 됐다. 문제가 안 풀릴 때마다 잡아 뜯은 여드름 자국이 피부에 꽃을 피우고 있다.

가끔 욕실에 있는 아이의 헤어 브러시를 보면 머리카락이 잔뜩 엉켜 있다. 원형탈모를 겪는 아이들도 많다고 들었는데 채린이도 머리카락이 많이 빠지기 시작했다. 그 엉킨 머리카락을 빼주고 있노라면 딸아이가 너무 가엽고 측은하다. 저질체력에 공부하려니 참 힘들 것이다. 아니, 경쟁이 너무 치열하니 더 힘들다. 욕심은 있어서 잘하고 싶어하는데 그게 쉽지 않은 듯하다. 중3이 이 정도라면 고3이 되면 어쩌려나?

"우리 딸, 자니? 힘들지? 원래 자소서 쓰는 게 보통 힘든 일이 아냐. 우리 딸이 잘난 게 너무 많은데 그걸 한 방에 말하려니 쉽지 않지."

아무런 대꾸도 없다. 자기를 무시하는 엄마랑 말하기 싫다는 건가? 시간이 더 필요한가보다. 오늘은 그냥 일어나 나와야 할 듯하다.

"우리 딸, 잘 자. 굿나잇~"

방문을 닫고 나오는 내 뒤로 채린이 하는 말.

"엄마, 이채린은 엄마가 아니잖아. 내 소개서는 내 아이디어로 써야지."

뒤통수를 한 대 얻어맞은 듯했다. 그렇지, 난 이채린이 아닌데⋯⋯ 딸의 영역을 너무 깊숙이 침범했던 거다. 내가 미리 걱정하고 앞서 갔던 거다. 무안하고 당황스러웠다. 알아서 잘할 텐데 언제까지 내 도움이 필요한 초등학생으로 생각할 건지. 이미 채린이는 하나의 독립된 인격으로 성장하고 있다. 부족한 엄마지만 딸내미는 잘 자라고 있는 것 같아 미안하고 뿌듯하다.

사 춘 맘 화

엄마도
응원받고 싶은
날이 있다

나를 포함해 초등학교 동창 네 명이 함께하는 단체 채팅방이 있다. 어느 날 밤 열시에 부재중 메시지가 백 건 넘게 올라와 있었다. 무슨 일이 났나 싶어서 들여다보니, 한 친구의 열받는 사연이 올라와 있다. 후드티 하나만 입고 학원에 간 딸이 추울까봐 걱정되어 학원 앞에서 웃옷을 들고 기다리던 친구, 엄마를 본 딸이 툭 내뱉은 말이 이렇더란다.

"이 옷 안 입을 거야. 왜 엄마가 신경쓰고 난리야! 추운 게 내 몸이지 엄마 몸이야?"

우리들은 친구 편을 들며 합심하여 분노했다.

"망할 년 고마운 줄도 모르고!"
"망할 년 고마운 줄도 모르고!"
"망할 년 고마운 줄도 모르고!"
"망할 년 고마운 줄도 모르고!"

함께 욕을 하고 스트레스 풀린다며 한바탕 웃었다. 몇 년 전까지만 해도 아이들이 〈렛 잇 고Let it go〉를 부른 동영상을 공유하며 너희 딸 천재냐는 둥 너희 아들 영어발음 좋다는 둥 서로서로 자랑하기에 바빴던 그 방이 맞나 싶을 정도로 요즘은 주로 아이들 뒷담화가 올라온다. 우리 아들딸이 모두 심하게 사춘기를 겪고 있기에.

한참을 아이들 뒷담화도 하고 웃다보니 스트레스가 좀 풀린 듯했다. 이렇게 뒷담화를 하다가도 뭐 하나 또 잘하면 눈 녹듯 마음이 녹아서는 '자랑 카톡'이 불나는 것도 하루이틀이 아니다. 그게 자식과 부모 사이인데 어쩌겠는가? 아이들 일에 따라 엄마의 기분이 오르락내리락하는 것을.

열심히 딸내미 뒷담화를 했던 친구는 언제 그랬느냐는 듯이 자기 딸 자랑으로 마무리했다.

사춘맘과 아들

"저렇게 미운 딸년이지만 내가 침대나 소파에 있을 때 딸이 내 옆에 와서 엄마, 하면서 내 허벅지를 베고 누우면 그렇게 위로가 된다?"

나도 그랬다. 준호가 초등학교 6학년이었을 때 박사과정 페이퍼를 쓰느라 밤을 꼬박 새워야 했다. 저녁 열한시가 다 되어가기에 어서 준호에게 자라고 했는데 그 녀석이 이불을 가지고 나와 식탁 밑에 이불을 깔고 거기에 눕는 것이 아닌가?

"뭐하는 거야?"
"엄마 혼자 외롭게 숙제하는데, 내가 여기 발밑에서 자면 엄마가 덜 외로울 거 아냐?"

일주일 동안 몇 시간 못 자고 쏟아지는 과제를 해치워야 했기에 몸은 지칠 대로 지쳐 있었는데, 초등학생 아들이 식탁 밑에 있어주는 것만으로도 나는 그 새벽에 큰 위로를 받았다. 정말 같이 밤을 새우는 것 같아서 기운이 나고, 다시 졸음이 쏟아질 때면 내 발밑에 누워 있던 준호의 얼굴을 한번 보고 힘을 내서 학기를 잘 마무리할 수 있었다. 준호가 그날 새벽에 나에게 큰 힘이 되어줬다는 걸 본인은 아마 상상조차 못 할 것이리라. 그랬던 녀석에게 사춘기가 찾아와 자

사 춘 맘 화

기 몸 하나 데리고 살아가는 것만으로도 힘겨워 보이는데 엄마를 응원하고 위로할 여유가 있겠는가?

하지만 졸업 시험 시즌에 나는 또 한 번 아들에게 예상치 못한 큰 위로를 받게 되었다. 야간 시험이라 준호가 학교 끝나고 돌아왔을 때 아빠도 나도 없이 혼자 저녁을 먹고 학원을 가야 하기 때문에 못내 미안해서 전화했다. 무뚝뚝한 아들 녀석은 이럴 때는 또 참 쿨해서 편하긴 하다.

"응."

"응."

"응."

내가 쏟아내는 수많은 말에 단답형으로 일관하던 아들의 마지막 말.

"엄마도 시험 잘 봐."

무뚝뚝하게 툭 내뱉은 한마디에서 내 발밑에서 잠을 자던 그 아이가 떠올라 눈물이 왈칵 쏟아졌다. 그래, 우리 준호가 그런 아이였지, 참? 엄마가 시험 보는 것을 기억하고 있던 아들이 대견하기도 했

사 춘 맘 과   아 들

고, 밥도 못 챙겨주고 나온 것이 미안했는데 되레 준호의 응원을 받으니 감동이 더 컸다. 우리 준호가 누군가에게 공감하고 응원의 말을 해줄 수 있는 아이라는 것이 내심 자랑스럽고 뿌듯했다.

엄마들도 응원받고 위로받고 싶은 날이 있단다.
때론 너희가 보내주는 웃음에, 때론 너희의 말 한마디에, 때론 아무 말 없이 옆에 있어주는 것에 엄마들은 큰 위로와 감동을 받는다는 것을 기억해주렴.

사 춘 맘 화

별 의미 없는
말인데…

으쓱!

감동이야~

꿈 좀 찾아주세요,
플리즈

아이들의 생활기록부에는 매 학년 학생과 부모가 각각 희망직업을 적는 칸이 있다. 선배 엄마들과 선생님들의 조언에 의하면 1, 2, 3학년의 희망 직업이나 꿈이 어느 정도 일관성이 있어야 특목고 진학시 유리하다고 했다. 학년이 높아질수록 아이들은 국영수 등급으로 평가받고 그에 따라 갈 수 있는 대학도 달라지기에 꿈은 뒷전이 된다. 학교에서는 자신의 꿈과 진로에 대해 탐색하고 이른바 '관리' 해야 한다지만 현실은 다르다. 학교 시험, 각종 수행평가, 봉사활동, 진도를 위한 학원공부 등을 하러 다니다보면 사실 꿈에 대해 생각할 겨를이 없다.

네 꿈은 뭐였니?

토요일 오후 외출했다가 집에 돌아오니 딸아이가 TV 앞에서 혼자 웃느라 정신이 없다. 그냥 둘까 잠깐 망설이다가 엄마의 역할을 충실히 해야겠다는 사명감에 한마디했다.

　　"TV 볼 시간에 책이라도 하나 더 읽지, 맨날 책 읽을 시간 없다고 하지 말고."
　　"알았어. 거의 다 끝났어."

　　바로 마무리하는 걸 보니 내가 집에 오기 전까지 충분히 즐겼나 보다. 자기 방으로 들어가 아무 소리가 없다. 문을 열고 살펴보니 딸내미 손에 들려 있는 책은 추리소설.

　　"이 책 또 읽어? 학원 숙제는 다했니? 시간도 없는데 기왕 읽는 거 영어책 좀 읽으면 좋은데……"
　　"엄마가 책 읽으라며? 꼭 영어책만 책이야? 내가 읽고 싶은 책도 못 읽어?"

　　읽던 책을 휙 덮고 침대에 눕는다.

"왜, 벌써 자게?"

"자는 거 아냐, 꿈꾸는 거야. 내일 창의체험 시간에 꿈 발표하는 거 있어. 꿈꿀 시간도 안 주면서 맨날 꿈 발표하래. 잠을 자야 꿈을 꾸지."

나의 조급함이 또 채린이의 심기를 건드렸다. 그냥 소설책이라도 읽게 가만 두는 건데…… 아무것도 안 하고 가만히 있는 꼴을 못 보는 나의 불안감이 결국 딸내미를 꿈나라로 인도하셨다. 그렇지 않아도 매일 잠이 부족하다는 채린이는 '어디 잠만 자는 직업은 없나? 내가 제일 잘할 것 같은데. 에이스나 시몬스 같은 침대 회사에 취직해야겠다'는 농담을 자주 하곤 한다.

'수면과학 연구소나 수면 관련 기업 사람들은 맨날 연구하느라 잠도 잘 못 자고 야근일걸? 그리고 연구원들은 다 이과생인데……'

학원이 시작하고 끝나는 시간은 대체로 비슷하다. 그래서인지 학원에 가는 아이들, 강의가 끝나고 학원에서 나오는 아이들이 겹치는 시간대에는 온 거리에 가방을 멘 아이들로 가득 넘쳐난다. 아이들의 얼굴은 별로 밝지 않다. 두 어깨는 무거운 가방으로 축 처져 있다. 처음 이사왔을 땐 이런 모습이 매우 낯설었다. 마치 눈 옆을 가리고 앞만 보고 달리는 경주마들 같았다. 다른 생각은 하지 않고 학교 성적을 좇아서 달려가는 말들. 어느 날 채린이가 친구들에게 물었단다.

사춘맘과 딸

"야, 너희들은 왜 공부하는 것 같아?"

같이 있던 친구들, 일제히 뭐 그런 걸 물어보느냐는 눈빛으로 말했다고.

"대학 가야지, 넌 대학 안 가?"

아주 심플하다. 일단 대학을 가야 된다. 이른바 스카이 대학을 가야 한다. 자기가 누구인지, 무엇을 좋아하는지, 어떻게 살고 싶은지에 대한 생각은 별로 없다. 아니, 그런 생각을 할 시간이 없다. 선배언니의 고3 딸아이는 생물학과를 지원할 생각이었는데 수능 점수가생각보다 잘 나오자 아무런 고민 없이 의대로 전공을 바꿨단다. 의과에 대한 적성이나 의사로서의 사명감 뭐 이런 건 별로 중요하지않은 듯했다. 예나 지금이나 내신 등급과 수능 점수가 중요하다.

"엄만 꿈이 뭐였어?"

딸이 물었을 때 자신 있게 대답하지 못했다. 나도 돌이켜보면 그냥 대학을 가기 위해 공부했던 것 같다. 중학교, 고등학교 그리고 대학교는 남들이 다 가니까 당연히 그냥 가는 거라 생각했다. 별로 하고 싶은 일이 없었다. 나 자신에 대해 깊이 고민하지 않았다. 대학에 들어가서야 '나는 누구인가?' '나는 무엇을 하고 싶은가?'라는 생각들을 조금씩 하기 시작했다. 대학에서 공부한 전공을 살려 회사 생활을 했지만 사실 그것이 나의 꿈이었는지도 잘 모르겠다. 좀 자유롭고 지루하지 않은 일을 하고 싶다는 생각만 했다. 이십 년을 광고 마케팅 분야에서 일했다. 친구들은 내 적성에 맞기 때문에 이십 년을 일할 수 있었던 거라 말하지만 난 잘 모르겠다. 그냥 학교에서 공부했던 것처럼 그날그날 회사에 나가 일을 했고 그렇게 시간이 흘러갔다. 성격상 한번 시작한 일은 그냥 쭉 하는 편이라 회사를 몇 번 옮기긴 했지만 같은 업계에서의 이동이라 다른 일은 생각해보지 못했다.

채린이는 아직 진로나 꿈을 명확하게 정하지 못했다. 자기가 좋아하는 게 뭔지 아직 못 찾은 것 같다. 학교 공부를 성실하게 하는 편이지만, 별 재미를 느끼지 못한 채 그저 의무감으로 공부를 하는 듯하다. 매일매일 겪는 수면 부족과 주기적으로 찾아오는 무력감 속에서 그리 즐거워 보이지 않는다. 가끔은 '누가 내 꿈 좀 대신 찾아주면 좋겠다'라며 귀차니즘의 절대치를 보여주기도 한다.

꿈에 관한 임경선 작가의 말을 읽은 적이 있다. 꿈이라는 명제에

사로잡히다보면 지금 내 앞에 놓인 현실을 제대로 살지 못하니, 꿈은 없어도 되지만 자기 자신이 사라져서는 안 된다는 거였다. 우리는 어릴 때부터 꿈 찾기 미션에 너무 집착하는지도 모르겠다. 자소서를 위한 일관성 있는 진로 계발 스토리를 만들려고 너무 애를 쓰는지도 모르겠다. 물론 경제적 독립은 필요하지만 꿈이 꼭 직업을 의미하는 건 아니다. 어떤 직업을 가질지보다 어떤 사람이 되고 싶은지, 어떻게 살고 싶은지에 대한 고민의 시간이 더 필요한 게 아닐까? 어릴 때부터 좀더 구체적으로 나를 알아가고 발견해가는 시간이 있어야 하는 게 아닐까? 나도 이런 과정 없이 대학을 가고 어른이 되었기에 그동안 뭔가 항상 부족하고 불안감을 느낀 건지도 모르겠다.

작가 제니퍼 시니어는 사춘기 아이를 둔 부모가 안고 있는 중대한 문제는 자기 아이에 대해 생각하는 것만큼 자기 자신에 대해서는 생각하지 않는다는 점이라고 말했다. 아이들의 꿈을 찾아야 한다며 다양한 인지적성 검사를 시키고, 하나라도 잘하는 것이 발견되면 서둘러 그쪽으로 진로를 잡아서 여러 군데 학원을 보내고 관련 진로를 알아보는 것. 그렇게 아이가 자신의 꿈으로 향하는 '드림 로드'를 찾도록 도와주는 것이 엄마의 역할인 것일까? 사실 지금 나도 내가 진정 원하는 것을 찾았는지 잘 모르겠다. 오히려 무엇을 하는 것이 즐

사 춘 맘 화

겁고 행복한지 찾아가며 하루하루 성장해온 것 같다. 결혼해서 아이가 생기니 나 자신에게 집중하기보다 엄마로서의 역할을 우선하게 되었고 아이에게 완벽한 길을 미리 만들어주어야 한다는 생각에 나도 모르게 조급해진 게 아닐까 싶다. 나를 잃어버린 채 말이다. 나에 대해서 더 생각하고 나의 길을 걸어가며 그저 옆에서 아이가 걸어가는 모습을 지켜보는 것. 부모이기 전에 한 사람으로서 인생을 살아가야 하지 않을까?

가끔씩 나 자신이 좋아하는 것보다 채린이가 좋아하는 것들을 내가 더 많이 알고 있다는 사실을 발견한다. 전업주부가 된 지금 더 많은 시간을 나보다 딸을 위해 쓰게 된다. 딸의 꿈을 걱정할 때가 아니다. 일을 그만둔 나도 제2의 인생을 계획해야 할 때다. 사춘기 딸의 방황만큼 나도 흔들린다. 내가 진정 하고 싶은 건 뭘까? 내가 살고 싶은 삶은 어떤 모습일까?

사 춘 맘 과   딸

'엄근진' 엄마를
내려놓고

　사춘기 아들의 오락가락 감정 상태에 휘말려 내 멘탈도 오락가락
할 바에 다른 전략이 필요하다는 걸 깨닫게 되었다. 말이 전략이지,
진리인지도 모르겠다. 아이의 페이스에 말리지 않고, 나의 에너지를
평온하게 유지하는 방법으로 나는 유머를 선택하기로 했다. 아이의
공부방 문을 열었을 때, 아이가 뭔가 후다닥 부산스러운 모습을 보
이면 나는 이렇게 말한다.

　"너 수상한 게 한두…… 가지야. 한두 가지네. 별로 없네."
　"(급 긴장했다가 피식 웃는 준호) 한두 가지, 뭔데?"

"게임이지, 게임. 준호야! 게임 그만하고 공부하자."

"왜 엄마는 나한테만 그래!"라고 녀석이 대들면,

"아들이 너밖에 없어서 그래! 둘러봐, 말할 사람이 너밖에 없잖아."
"뭐라는 거야."

예상하지 못한 엄마의 반응이 나올 때, 잔뜩 온몸에 힘을 주고 대들던 준호는 '탁' 하고 긴장이 풀리면서 당황하는 기색이 역력했다. 좋은 신호였다. 그것은 준호를 위하는 방법이기도 했지만, 나에게 훨씬 도움이 되었다. 갓 사춘기에 접어든 아이와 사춘맘 1단계 레벨의 엄마가 취하기 힘든 방법이기는 하다. 일단 먼저 진 빠지게 싸워 보라! 하다보면, 터득할 날이 오리라. 아이와 언성을 높이고 전쟁을 해봐야 진만 빠지지 진도는 안 나간다. 뭐든 간에 생산적인 게 낫다는 의미다. 사춘기 아이를 뒤에서 멀찌감치 봐주면서, 엄마는 엄마 인생 진도를 빼보는 건 어떨까? 내 인생 후반부, 나를 데리고 살아가 줄 사람은 아들이 아닌 나 자신이니까 말이다.

46년 동안 성우 외길 인생을 살아오신 최옥희 선생을 녹음실에서 만났는데, 사람과의 대화에서 목소리보다 더 중요한 것은 애티튜드, 즉 말투와 태도라고 말씀하셨다.

"내가 파마를 하고 기분좋게 집에 들어가면 글쎄, 사춘기 때 아들 녀석이, 포장마차 주인이세요? 이러는 거야! 그래서 넌 무슨 말을 그렇게 하니, 이 나쁜 놈아! 하면 그날은 전쟁 나는 거지 뭐. 그런 투쟁의 연속이었어. 그런데 어느 날 그렇게 말하는 아들 녀석에게 네, 볶았습니다. 음식도 맛있게 볶아드릴게요. 주문하세요~ 그랬더니 아들이 머쓱한지 그냥 방으로 쓱 들어가버리는 거야. 저도 재미가 없었던 모양이지, 하하하!"

유쾌하게 회피하는 것, 이것이 에너지를 빼앗기지 않고 나의 페이스대로 살아가는 방법이다. 오늘 하루 아이와 유쾌하게 지냈으면 된 거다. 관계가 틀어지면 모든 게 다 틀어지는 법이니까! 준호의 오늘을 보며 살아야지, 준호의 불안한 미래에 전전긍긍할 필요가 없다.

"엄마 나 숙제 다했어!"라고 말하는 아들에게 "공부를 다하는 게 어딨어? 다음달 시험이잖아? 정신 차려, 너 곧 수능 볼 아이야!"라고 칭찬 대신 핀잔을 준 적이 한두 번이 아니다. 아이의 오늘 하루, 그

_____ 사 춘 맘 화

행복해하는 순간을 바라보지 않고, 아이의 다음 스텝을 미리 생각하니 엄마들은 뭔가 가슴이 답답해지고 아이에게 좋은 소리가 안 나간다. 엄마들 자신의 뿌리가 약한 것을 괜한 아이의 오늘을 먹살잡이해서 바닥에 내동댕이치는 짓을 하는 것이다.

새로 시작하는 일 때문에 배우 신구 선생을 만나 의논드릴 일이 있었다. 아이가 중학생이라고 하니까, 이런저런 이야기를 해주셨다.

"나는 그렇게 생각해. 요즘 엄마들은 내 세대처럼 아이만을 위해 자신을 희생할 필요가 없는 것 같아. 솔직히 말해서 나 있고 자식이 있는 거지~ 내가 행복해야 자식도 있는 거야!"

분명 나를 응원하기 위해 해주시는 말씀이리라. 준호에게서 정신적으로 독립하여 나의 일을 준비중인 현재 모습을 준호에게도 보여주는 게 좋겠다는 생각이 들었다. 준호가 어릴 때 팀장으로 일하던 사무실에 몇 번 온 적이 있다. 맡길 데가 없어서 주말에 애를 데리고 출근을 해야 할 때가 있었는데 아이가 호기심을 갖고 엄마의 일하는 공간을 살펴보던 것이 생각났다.

사 춘 맘 과 아 들

"준호야, 엄마 사무실에 가서 함께 공부할까?"

"좋아. 궁금하네."

"여기가 공유사무실이야. 1인 사무실이라 독서실 같지?"

"엄마, 여기는 여성만 들어올 수 있어?"

"여성 1인 창조기업 지원센터니까 여성만 들어올 수 있어. 예전 엄마 회사 다닐 때에 비하면 사무실이 너무 초라하지?"

"뭐가 초라해. 독서실처럼 집중이 잘될 것 같아. 엄마 파이팅!"

내심 실망할 것 같았는데 준호는 되레 응원을 해준다. 이럴 때는 꼭 친구 같다. 노란 포스트잇이 가득 붙어 있는 벽을 보고 준호가 묻는다.

"이게 다 뭐야?"

"팀원이 없으니까 출근해서 그날그날 생각난 아이디어나 할 일을 벽면에 붙여놔야 해. 엄마가 나이가 많다보니 맨날 까먹고, 집에 가서 집안일하다보면 아이디어가 사라져버리거든. 하하! 그래서 이렇게 붙여놓으면 그 아이디어가 짧은 시간에 스캔이 되니까."

사뭇 진지하게 들어주는 준호. 준호에게 사춘기는 나에게 나를 찾아가는 시간이었다. 아이를 이해하려면, 결국 나라는 사람을 이해해야 한다는 당연한 이치를 알게 된 것이다. 나는 무엇을 잘하며, 나는 무엇을 좋아하며, 나의 단점은 무엇이고 나의 장점은 무엇인지. 나는 어떤 것에 콤플렉스가 있는지, 나는 어떤 부분에서 자존감이 떨어지는지, 왜 나는 나의 중심과 내면을 바라보지 않고 여전히 외부의 시선과 잣대에 중심을 두고 사는지. 이 모든 불안과 염려는 결국 나의 뿌리가 약해서가 아닐까 생각했다. 나의 뿌리가 단단하다면, 아이의 작은 실수나 아이의 떨어진 성적에 훅 마음이 꺼지는 일이 없었을지도 모르는데 말이다.

나는 긍정적이고 밝은 편이다. 미래를 걱정하기보다, 오늘 하루를 즐겁게 살자는 철학이 있었는데, 준호에게만은 예외였다. 선배 엄마들이 이구동성으로 하는 말도 끝까지 내려놓기가 안 되는 것이 '자식 일'이라는 거였다. 자꾸 다짐하고, 그래도 부족하면 여기저기에 그 다짐을 적어두는 나는 보이는 곳곳에 '오늘을 즐겁게 살자'고 적어놓았다. 어차피 살 거라면 엄근진(엄숙·근엄·진지)을 타도하고, 재밌고 유쾌하게 살면 그뿐이다. 요즘 기업에서 브랜드 가치를 따질 때, 가성비보다 더 높은 것이 가심心비, 그보다 더 강한 가치가 가잼비(유머)라고 하지 않는가? 긴 한숨 내쉬어봐야 잔주름만 생긴다. 입꼬리를 올리며 억지로 웃어본다. 막 웃었더니 준호가 따라 웃는다.

나는 더 크게 웃는다. 그러다가 진짜 웃음이 나서 눈물까지 흘렸다. 한바탕 웃고 나니, 오만 인상을 찌푸리던 준호의 얼굴이 밝게 펴졌다. 그래 웃을 일이 있어서 웃는 게 아니고, 웃다보니 웃을 일이 생기는구나. 엄마들도 속이 답답할수록 입꼬리 올리고 그냥 웃어보는 게 어떨까?

나의 유머 철학 때문인지, 준호의 사춘기가 물러갈 때쯤 우리는 그럭저럭한 사이가 되었다. 물론 늘 쾌청한 날씨는 아니었지만 준호가 주도적으로 자기 삶을 꾸려갈 것이라 믿고, 그 모습을 존중하려 노력하기로 했다.

사 춘 맘 화

웃을 일이 없어도 그냥 웃기… 하하하!

공부하는
아줌마의
단상

　오늘 내가 발표할 책은 조지 오웰의 『동물농장』이다. 내용 요약과 등장인물의 성격 그리고 시대 배경 등을 정리해가야 한다. 원서로 읽고 내용 정리도 영어로 하다보니 준비 시간이 최소 일주일은 필요하다. 이번달부터 유토피아가 아닌 디스토피아 관련 책들을 읽기로 했다. 한 사람이 한 권씩 맡아 각자 정리해서 발표하는 것이다. 사람들 앞에서 내 생각을 발표하다보면 그들이 내 이야기를 재밌게 들어주는 걸 내가 나름 즐기고 있구나 새삼 깨닫는다. 회사 다닐 때는 일거리로만 여겨 힘들어했던 것이 어느새 나의 몸과 생활에 배어나 자연스러워진 것이다. 일주일에 두 번 영어교육센터에서 만난 엄마들과 별도로 북클럽 모임을 만들어 공부를 하기 시작한 지 8개월째다. 아이들을 학교에 보내고 오전 아홉시부터 열두시까지 함께 모여 공부하는 것이 이제는 생활의 즐거움이 되었다. 회사를 그만두고 머릿속에서 사라지는 영어 단어와 좀처럼 입 밖으로 나오지 않는 문장들을 애써 소환하는 것이 낯설지만 재미있다. 회사 다닐 때 많은 미팅을 영어로 해야 했지만 별도로 영어 공부를 할 시간이 충분하지 않았기에 이렇게 교재를 가지고 체계적으로 영어를 공부하니 뭔가 새롭다. 특히 북클럽에서는 한글로 읽은 책을 영어 원서로 다시 읽기에 좀더 깊이 읽게 된다. 같은 내용이지만 여러 사람들의 의견도 듣게 되니 사고의 폭도 넓어졌다. 집에서 영어책을 읽고 단어를 외우는 내 모습을 본 채린이, "엄마는 왜 영어를 지금도 공부해? 이제 회사 다니는 것도 아닌데."

그때는 잘 모른다. 의무적으로 해야 할 때는 공부의 참맛을 모른다. 내가 관심 있고 좋아하는 것을 발견하면 더 알고 싶은 것들이 많이 생겨난다. 누가 시키지 않아도 시간을 만들어 찾게 된다. 나도 회사를 그만두고 여유가 생기면서 스스로 공부하는 즐거움을 조금씩 느끼게 되었다. 어쩌면 뭔가 의미 있는 일을 하고 싶고 시간을 좀더 알차게 보내야 한다는 생각이 무의식적으로 나를 움직이게 하는지도 모르겠다.

사 춘 맘 화

요즘 빠져버린 또 하나의 활동은 바로 그림공부다. 이전에도 문화센터와 미술학원을 등록해서 조금씩 그림을 배웠지만 여러 가지 사정으로 중단하기를 몇 번. 최근 다시 그리고 싶다는 생각이 들었다. 그동안 제대로 올려다보지 못했던 하늘을 좀더 자주 보게 된 까닭일까? 하늘을 그리고 싶다. 그냥 지나쳤던 꽃과 나무를 하나하나 새겨보며 이것들도 그려보고 싶다. 뭔가를 그리겠다고 흰 도화지 앞에 앉으면 제대로 본 것이 하나도 없구나 하는 생각에 본다는 것의 의미를 생각하게 된다. 벚꽃나무를 그리려면 나뭇가지 모양과 꽃잎 하나하나 자세한 관찰이 필요하다. 물론 똑같이 그릴 수도 없는 완전 초보지만 흉내라도 낼라치면 관찰은 기본이다. 찬찬히 보면, 다 안다고 생각했던 벚꽃나무가 전혀 새롭게 보인다. 이렇게 시간을 갖고 사물을 꼼꼼히 보는 것도 새롭고 흥미로운 공부다. 올해는 자연풍경에 집중해보련다. 특히 하늘과 구름이 주는 편안함과 신비로움을 어떻게 표현할지 고민해볼 것이다. 그림 그리면서 미술 관련 책들도 읽고 있다. 최근에 『파리 미술관 산책』이라는 책을 만났다. 이 책은 나의 버킷리스트에 한 가지를 추가하게 만들었다. '파리에 있는 미술관에 가서 책에 나온 작품들을 하나하나 감상하고 공부해보자.' 베르사유, 루브르, 오르세 등 유명 미술관에 전시된 작품들에 대한 설명과 그림 속 비하인드 스토리가 너무나 생생히 적혀 있어 책에서 읽었던 내용들을 직접 가서 살아 있는 그림으로 확인하고픈 마음을 갖게 되었다. 아는 만큼 보인다는 말이 정말 맞다. 아이 어릴 때 함께 갔던 미술관도 있는데 책에서 이야기하는 그림들을 본 기억이 별로 없다. 미술관 앞에서 사진만 찍느라 바빴나보다. 아니면 기념품점에서 더 많은 시간을 보냈던가.

영어 공부를 같이하는 엄마들은 지금 다 전업맘이다. 대부분 아이 교육을 위해 자기 일을 포기한 경우다. 물론 지금도 프리랜서로 일하는 엄마들도 있고 당장이라도 다시 직장으로 돌아갈 수 있는 전문직에 종사했던 엄마들도 있다. 너무 놀라운 것은 엄마들마다 각양각색 다양한 재능들을 가졌다는 거다. 바리스타 자격증, 일본어 교육, 사진기술, 가죽 공예 등…… 난 지난 20년간 마케팅 일을 했기에 이런 재능 있는 엄마들이 자신의 능력과 가치를 발휘할 수 있도록 돕고 싶다. 재능 있는 엄마들의 공간을 만들어 서로에게 도움이 될 수 있는 비즈니스를 해보고 싶다. 아직 구체적으로 어떤 모습이 될지는 모르겠지만 숨은 재능을 가진 엄마들의 자아실현(너무 거창한가?)을 위한 플랫폼을 구상중이다. 내가 만난 엄마들은 모두 인생을 보다 의미 있게 살고 싶다는 공통된 가치관을 갖고 꾸준히 책을 읽고 공부한다. 회사에 출근하거나 돈이 되는 일은 아니더라도 자신의 가치를 만들어갈 수 있는 일을 하고 싶어한다. 공부하다가도 밥 먹으며 수다를 떨다가도 사업 아이디어를 하나둘씩 모으는 것도 재미있고 신난다. 우리 스스로 뭔가 만들어내겠다는 생각만으로도 하루하루가 기다려지고 기대된다.

이제 채린이도 중학교 사춘기를 지나 고등학생이 되었다. 행복 끝 불행의 시작인지 아니면 불행 끝 지옥의 시작인지, 가장 힘든 시기가 될 수도 있겠지만 한 걸음 한 걸음 자기만의 세계로 걸어갈 준비를 할 것이다. 엄마의 손길이 점점 더 필요 없는 곳으로 달려갈지도 모른다. 내가 할 수 있는 일은 열심히 응원하며 딸이 힘들 때 잠깐이라도 기댈 수 있는 편안한 쉼터가 되어주는 게 아닐까? 딸아이의 공부는 딸아이에게 맡기고 난 나를 위한, 나의 새로운 인생을 위한 공부에 더 집중하련다. 앞으로 나의 인생이 좀더 풍요로워질 수 있도록, 자존감이 좀더 단단해질 수 있도록.

딸과 좋은 모녀관계를 지켜내리라는 생각으로 이 글들을 썼는데, 쓰다보니 외려 '나'를 좀더 들여다보게 되었다. 난 평범한 아줌마지만, 일일일소一日一疏, 나 자신을 낯설게 들여다보고 새로운 모험을 계속하고 싶다. 공부하는 아줌마의 힘을 보여줄 테다!

2년차 전업주부,
다시 꿈을 꾸다

"이상으로 저의 비즈니스 모델을 설명해드렸습니다. 이십 년 동안 일
해온 소비자심리 분야의 노하우를 쏟아부은 이 비즈니스가 성공할
거라 확신합니다!"

머릿속에만 있던 비즈니스 아이템을 검증받기 위해 정부에서 진
행하는 창업 오디션에 참가하게 되었다. 직장생활만 오래했지, 창업
에서는 신생아 아닌가?

강원도에서 열린 스타트업 피칭데이. 서류심사가 통과되어 설명
회에 참석하게 되었다. 참가자 중에서 내가 제일 나이가 많았고, 누

가 봐도 나는 창업 생초보 아줌마였다. 나이나 경력으로 치면 심사를 해야 할 나이에 심사 대상이 된 것이다. 이런들 어떠하리, 저런들 어떠하리. 집에서 벗어나, 준호 생각에서 벗어나 내 일을 시작하는 것만으로도 설레고 기분좋은 날이었다. 서울에서 춘천으로 향하는 길, 산은 붉게 물들었고 내 마음은 붉게 출렁거렸다.

"너무 늦은 때란 없는 거야! 오디션에 떨어져도 뭐 어때? 이렇게 좋은 경치 구경했으면 그걸로 된 거지? 안 그래? 혼자 여행하려면 어디 엄두가 나겠어?"

부담감을 떨치려고 애써 마인드컨트롤을 했다. 오전 열시에 서울에서 출발해 운전하면서 머릿속으로 8분 스피치를 몇 번이고 반복 연습해보며 설렘 반 긴장 반! 광고회사 다닐 때 피칭이라면 지겨울 정도로 했었는데, 예비창업자로서 완전 새로운 분야에 도전하는 나는 명치 끝이 떨렸다. 적당한 긴장감이 초가을 차가운 공기처럼 상쾌했다. 나를 일으켜 세우는 연료는 역시 '도전'인지도 모르겠다.

시작하는 법을 잊지 않기 위해 도전했다. 도전DNA도 타고나는 것이라던데 타고난 것이든 후천적인 것이든, 일단 준호로부터 벗어나겠다는 의지가 만들어낸 행동이다. 까짓것, 수상하지 못하면 어때? 이 가을 춘천의 아름다운 풍광 구경했으면 됐지! 뭐 그런 편한 마음이 나를 강원도까지 가게 만든 것이다. 나와 경쟁자인 대학생들의 발표를 들으면서 아들 준호의 미래를 투영해보기도 하고, 준호가 관심있어하는 과학 분야의 아이템을 들으면서 준호 생각이 많이 났다. 준호는 에너지 하베스팅(Energy Harvesting, 버려지는 에너지를 모아 전기로 바꿔 쓰는 수확 기술)에 관심이 많은데, 그 분야를 연구하는 공학도들의 발표를 들으면서 준호가 향후 이 분야를 연구한다면 비전이 있겠다 하는 생각도 들었다.

이십여 명의 학생 청중 평가단들이 늙은 아줌마 이야기를 잘 들어주어 그것만으로도 감사했다. 공감이 되었는지 발표할 때 피식피식 웃는 학생도 있었다. 여섯 명의 피칭팀 중에서 나는 우수팀으로 지정되어 최종 파이널 진출권을 따냈고, 50만 원의 상금도 받았다. 큰 금액은 아니었지만, 사춘기 아들에게서 한 발 떨어져 내 삶을 다시 살아보겠다는 도전의 의미로 이 자리에 선 거라 마치 세상이 나의 시작을 응원하는 것처럼 느껴졌다.

그날 저녁 남편에게 10만원을, 준호에게 5만원을 주었다. 최근 정부에서 진행하는 창업 관련 교육을 듣느라 저녁을 자주 못 챙겨준 것이 마음에 걸렸다.

사 춘 맘 화

"오, 엄마 완전 땡큐!"

"엄마가 다음번에 더 큰 금액을 받게 되면 그때 또 줄게! 아, 그리고 같이 피칭한 팀 중에서 에너지 하베스팅 연구하는 형들이 있는데, 파이널 피칭 때 만나면 겨울방학 때 너랑 한번 만날 수 있는지 물어봐 줄게."

"좋아!"

스타트업을 향한 나의 첫 발걸음은 이렇게 시작되었다. 배틀그라운드로 치면 '배린이'도 아니다. 이제 막 회원가입을 하고 로그인을 하는 단계다. 준호가 사춘기에 들어서며 그래, 차라리 내 꿈에 집중하자며 짬내서 예비창업자를 위한 정부의 무료 교육을 듣기 시작했다. 아직까지는 창업보다 준호의 성적에 더 관심 있긴 하지만, 요즘은 준호 학원 정보보다 디지털타임즈 같은 온라인 기사를 보면서 창업 생태계 소식에 기웃거리는 시간이 많아졌다. 미국은 창업자의 22퍼센트가 60세 이상이라고 한다. 미국 실리콘밸리 스타트업에서도 사십대 이상의 성공률이 더 높다고 한다. 우리 정부 시책은 주로 만 39세 미만의 청년에게 지원하는 경우가 많지만, 나이 제한이 없는 지원 사업에 문을 두드려보고 있다. 엄마의 도전이 준호에게도 새로운 자극이 되었으면 좋겠다.

에필로그 아들 엄마

어른이 된다는 건 두려움을 배워가는 과정이라는 생각이 든다. 이십대 후반에 선배 카피라이터를 만난 적이 있는데, 사십대인 선배가 "꽃다운 나이에도 가슴이 식어버리면 휴업을 해야 한다"며, 계속적으로 가슴을 덥힐 것을 강조했다. 그간의 나는 뭔가를 시작하는 것이 두려웠다. 늦은 나이에 공부하는 것도 두렵고, 뭔가를 새롭게 시작하기도 전에 실패하면 어쩌지 하는 생각이 앞섰다.

'사춘맘화' 팟캐스트에서 내가 선배 엄마로 들려주고 싶었던 이야기도 그때의 나에게 말하는 뒤늦은 후회에 가깝다.

"지금 육아 때문에 너무 힘들다는 것 아는데, 단 십 분만이라도 짬을 내 나를 위한 시간을 가져보세요. 아이 유치원 가면 교육 정보 교류한다고 브런치 모임 많이 갖는데, 그중 하루만 브런치 모임에서 빠지고 그 시간에 나에게 투자해보세요. 지금 짬을 내어 공부하고 나 자신에게 집중한다면, 아이와 적당하게 거리를 갖고 생활한다면, 나중에 사춘기가 찾아온 아이들이 엄마를 떠나가더라도 잘 헤쳐나가실 겁니다."

후배를 만났다. 내가 팀장일 때 신입사원이었던 후배다. 그애가 어느새 부장을 달고 애가 둘이다. 아침에 일찍 일어나 아이 밥을 주고 유치원 버스를 태워 보내고 출근한단다. 내가 워킹맘으로 준호의 육아에 시달렸던 그 시절 핑크빛 열애를 하던 후배가 어느새 가장이 되었다. 게다가 나보다 애가 하나 더 있다. 격세지감이다. 육아에 푹 빠져 아이 사진을 보여주며 이런저런 이야기를 하는 후배를 물끄러미 쳐다보았다. 생각해보면 다 때가 있다. 그때의 나도 저 후배처럼 그랬겠지?

"그래 키워봐! 고 녀석이 아빠가 뭔데 참견이야, 할걸."

후배는 눈이 동그래져 믿기지 않는다는 얼굴을 하고 있다.

Circle of Life.

인생은 돌고 돈다. 그래서 인생은 또다시 시작할 수 있는 것이다. 나는 이제 준호의 미래만큼이나 내 미래도 궁금해지기 시작했다. 적어도 엄마는 세상을 바꿀 혁신적인 아이템을 만들어내지는 못할지라도 준호 네 미래를 내 마음대로 좌지우지하지는 않을 거야. 엄마는 바쁠 예정이거든. 그렇지만 네가 필요할 때는 언제든 손을 내밀렴. 너의 등뒤에서 든든한 그림자가 되어줄게.

어디 우리 멋지게 도전해보자. 서로 어깨를 두드려주면서 말야. 세상은 살아볼 만한 거니까. 엄마의 새 삶이 오고 있다!

사춘맘화

초판 인쇄 2019년 10월 25일
초판 발행 2019년 11월 6일

글 채자인·구영숙 | 그림 이승환 | 펴낸이 염현숙

기획 나해진 | 책임편집 황은주 | 편집 김소영 | 디자인 최윤미
마케팅 정민호 이숙재 양서연 안남영 | 홍보 김희숙 김상만 오혜림 지문희 우상희
제작 강신은 김동욱 임현식 | 제작처 영신사

펴낸곳 (주)문학동네
출판등록 1993년 10월 22일 제406-2003-000045호
임프린트 아우름
주소 10881 경기도 파주시 회동길 210
전자우편 editor@munhak.com | 대표전화 031) 955-8888 | 팩스 031) 955-8855
문의전화 031)955-3578(마케팅) 031)955-3561(편집)
문학동네카페 http://cafe.naver.com/mhdn | 트위터 @munhakdongne
북클럽문학동네 http://bookclubmunhak.com

ISBN 978-89-546-5849-2 03810

www.munhak.com